청소년

와

대화

하다

일러두기

1. 작품의 표기는 원문을 충실히 따르는 것을 원칙으로 했습니다. 다만 시의 기본적인
   분위기나 의미를 손상하지 않는 범위 내에서 현행 표기법에 맞추었습니다.
2. 한자는 모두 한글로 바꾸고 꼭 필요한 경우에만 밝혔습니다.
3. 작품의 발표 연도는 시인 이름 옆에 밝혔습니다. 문학지에 발표한 연도를 확인할 수
   있으면 그것을 기준으로, 그렇지 못한 경우는 시가 실린 시집의 출간 연도를 기준으
   로 삼았습니다.

청소년, 시와 대화하다

2010년 7월 9일 1판 1쇄
2020년 9월 29일 1판 10쇄

지은이 김규중
그린이 모혜준

편집 정은숙, 서상일   **교정** 송혜주   **디자인** 이혜연
제작 박흥기   **마케팅** 이병규, 양현범, 이장열   **홍보** 조민희, 강효원
출력 블루엔   **인쇄** 천일문화사   **제본** 경원문화사

펴낸이 강맑실   **펴낸곳** (주)사계절출판사   **등록** 제406-2003-034호
주소 (우)10881 경기도 파주시 회동길 252
전화 031)955-8558, 8588   **전송** 마케팅부 031)955-8595 편집부 031)955-8596
홈페이지 www.sakyejul.net   **전자우편** skj@sakyejul.com
블로그 skjmail.blog.me   **트위터** twitter.com/sakyejul   **페이스북** facebook.com/sakyejul

© 김규중 2010

값은 뒤표지에 적혀 있습니다. 잘못 만든 책은 서점에서 바꾸어 드립니다.
사계절출판사는 성장의 의미를 생각합니다. 사계절출판사는 독자 여러분의 의견에 늘 귀 기울이고 있습니다.
이 책은 저작권법에 따라 보호받는 저작물이므로 무단전재와 무단복제를 금합니다.

ISBN 978-89-5828-490-1 43810

이 도서의 국립중앙도서관 출판시도서목록(CIP)은 e-CIP 홈페이지(http://www.nl.go.kr/ecip)와
국가자료공동목록시스템(http://www.nl.go.kr/kolisnet)에서 이용하실 수 있습니다.
(CIP제어번호: CIP2010002266)

청소년,
시와
대화하다

김규중 지음

사□계절

시의 세계로 초대하며

여러분, 시를 왜 읽나요? 수업 시간에 배우니까, 또는 시험 점수를 잘 받기 위해서인가요? 그것이 학생으로서는 현실적인 이유겠지요. 아마 시를 수업, 시험 점수와 관계없이 따로 시간을 내어서 읽고 즐기는 것으로 생각하는 이는 많지 않을 겁니다. 시는 재미도 있고 마음과 머리의 힘을 키우는 데 큰 도움이 되는데 말입니다. 그래서 진정 시 읽는 즐거움을 알려 주는 책이 꼭 필요하겠다고 여겼답니다.

먼저 학교에서 학생들을 가르치면서, 교사인 내가 시를 해설해 주는 것이 아니라 스스로 감상하게 하면 학생들이 시를 훨씬 재미있게 만날 것이라고 생각했습니다. 그 방법으로 '대화'를 이용했지요. 실제로 대화를 이용해 수업을 진행했을 때, 학생들도 좋아했고 저 역시 뿌듯했습니다.

같은 시를 놓고 읽어도 시의 느낌이나 시어의 의미, 시의 주제에 대한 생각은 모두 같을 수가 없습니다. 바로 여기에서 대화가 시작됩니다. 자유롭게 대화하되, 시에 표현된 내용을 바탕으로 시의 느낌이나 시어의 의미 등에 대해 말할 수 있어야 합니다. 그렇게 서로 대화를 나누다 보면 감상이 잘 이루어졌는지 점검할 수 있고, 더 잘하기 위해 노력하게 됩니다. 이 과정에서 논리적이고 주체적인 태도를 키우게 되고, 다른 사람의 감상이나 해석에 휘둘리지 않는 자신의 안목을 가질 수 있습니다.

이 책도 두 학생이 함께 시를 읽고 대화를 나누며 필요할 때 선생님의 적절한 도움을 받아 자신의 감상을 완성해 가는 과정으로 구성했습니다. 그래서 '시 소개—시 읽고 대화하기—시 노트' 형식이 이루어졌습니다.

대화에는 여학생 한 명과 남학생 한 명이 등장하는데, 저마다 개성을 가지고 있습니다. 여학생(이름은 '은유')은 문학을 좋아하고 감수성이 예민하며 차분하게 생각합니다. 시의 내용을 적극적으로 받아들이지만 날카롭게 문제를 제기하기도 합니다. 남학생(이름은 '명석')은 과학을 좋아하고 호기심이 많으며 엉뚱한 상상을 즐깁니다. 시의 내용을 과학적으로 따지기 좋아하지만 이해한 내용은 정리를 잘합니다. 이런 인물의 특성을 생각하며 책을 읽으면 한층 더 재미있을 것입니다.

이 책에서 대화를 적극 활용한 이유는 여러분이 스스로 생각하게끔 유도하려는 뜻도 있습니다. 등장하는 두 학생은 서로 질문을 던지고 답을 찾아갑니다. 그래서 이들의 대화를 읽다 보면 자연스레 시의 의미에 대해 여러 가지로 생각해 보게 될 것입니다. 이 과정을 거듭해 가면 마침내 여러분은 스스로 시를 읽을 줄 아는 독자로 성장할 수 있을 것입니다.

내가 앞에서 시는 마음과 머리의 힘을 기르는 데 큰 도움이 된다고 했지요? 내가 이 책을 쓴 목적이 바로 그것입니다. 여기서 마음과 머리의 힘이란 구체적으로 언어 감각, 감수성, 상상력입니다. 언어 감각은 언어의 의미와 그 쓰임새를 꼼꼼히 따지는 능력, 감수성은 사물이 보여 주는 느낌을 생생하게 받아들이는 능력을 말합니다. 그리고 상상력은 보이지 않고, 들리지 않고, 잡히지 않는 것을 보고, 듣고, 잡을 수 있는 것처럼 생각하는 능력을 말합니다.

요즘에는 이러한 능력이 더욱 필요합니다. '2007 개정 교육 과정'에 따라 2010년 중학교 1학년생부터는 국어도 검인정 교과서로 공부하게 되었습니다. 학생들이 공부하는 국어 교과서만도 20여 종이 되지요. 전에는 국정 교과서에 실려 있는 시만 잘 이해하면 되었지만 이제는 그렇지가 않습니다. 어느 때보다 시를 읽는 힘, 즉 언어 감각, 감수성, 상상력을 키워 스스로 시를 읽어 나갈 수 있는 독자로 성장하는 일이 절실합니다.

이 책에는 모두 60편의 시가 실려 있습니다. 현대시의 시작인 1920년대부터 최근까지 발표된 시 가운데 여러분이 읽기에 알맞다고 판단한 시들을 모았습니다. 그리고 이 시들을 언어 사용 수준, 정서 수준, 내용 수준을 고려해서 3단계로 나누어 20편씩 묶어 놓았습니다. 낮은 학년의 학생은 첫 단계부터 읽어 나가며 자신의 시 읽기 수준을 높여 가면 좋을 것입니다. 높은 학년의 학생이나 스스로 높은 단계라고 생각하는 학생이더라도 낮은 단계의 시부터 차근차근 읽어 보세요. 시라는 친구의 새로운 모습을 발견할 수 있을 겁니다.

마지막으로 내 요구 사항에 귀찮을 법도 한데 즐겁게 응해 준 애월중학교 박수영, 이종훈, 박정미, 최윤진 학생에게 고마움을 전합니다. 그리고 성긴 생각이 한 권의 책으로 태어나는 데는 사계절출판사 서상일 편집자의 역할이 컸습니다. 원고 방향을 잡는 데서부터 완성되기까지 꼼꼼하게 의견을 나누어 준 노고에 감사를 드립니다.

이 책은 시를 읽는 방법만이 아니라, 시를 즐겨 읽는 모습도 보여 주는 책입니다. 스스로 시를 즐기고 그로 인해 삶이 풍성해지기를 바랍니다.

2010년 5월

제주에서 김규중

이 책은 다음과 같은 원칙으로 구성했습니다.

첫째, 시 이해와 감상의 다양성에 중점을 두었습니다. 하나의 시에 하나의 해석만 있다고 생각하지 않습니다. 하나의 시어는 여러 의미를 지닐 수 있고, 그 시의 주제도 몇 가지로 다르게 생각할 수 있습니다. 그래서 학생들의 대화에서는 시에 표현된 내용을 바탕으로 독자에 따라 시 이해와 감상이 다양하게 나타남을 보여 주고자 했습니다.

둘째, 이 책에서 시의 감상을 대화 형식으로 나타낸 것은 '구성주의'에 뿌리를 둡니다. 구성주의 이론은 어떤 지식이나 느낌이 외부에서 완성된 상태로 주어지는 것이 아니고 독자 스스로 그것을 구성해 간다고 봅니다. 이 책에서 학생들은 친구 또는 교사와 대화를 나누거나, 혼자 내면의 대화를 하면서 시의 생각과 느낌을 구성해 갑니다. 그 과정에서 교사는 조력자나 촉진자의 역할을 합니다.

셋째, 다 아시다시피 문학 감상 이론에는, 언어 중심의 분석

주의 관점, 현실과 반영 중심의 리얼리즘 관점, 독자 중심의 반응 이론이 있습니다. 이 책은 어느 하나에 치우치지 않고 작품에 따라 언어 분석이든, 현실 반영이든, 독자 반응이든 모두 수용하여 구성주의로 접근했습니다.

넷째, 작품 선정의 기준은 언어 감각, 감수성, 상상력입니다. 언어의 함축성, 음악성, 이미지가 깔끔하게 표현되어 언어 감각을 키우는 데 도움이 되는가, 시에 나타난 시인의 감수성이 학생들의 정서에 맞아 그들의 감수성을 자극할 수 있는가, 시인의 상상력이 학생들의 관심을 끌어 그들의 상상력을 자극할 수 있는가를 기준으로 삼았습니다. 거기에다 명징성을 덧붙였습니다. 명징성은 여러 번 읽거나 교사의 안내를 조금만 받으면 시의 상이 구체적으로 떠오르는 것입니다.

이 책이 참된 국어 교육을 고민하고 실천하는 여러 선생님들께 작은 보탬이 되기를 바라며 세상에 내놓습니다.

차 례

시와 만나기

시와 친해지기

주체적으로 읽기

김샘

여러분, 안녕! 현대시를 감상하는 자리에서 이렇게 만나니 반가워요.
여기에는 제목에 나오는 낱말만 봐도 친근하고 호기심이 일어나는
시들을 실었어요. '말, 빵집, 오리, 설사, 월식, 발자국, 엄마' 같은
소재를 다룬 시들이죠. 여러분이 시를 어떻게 바라볼지 기대돼요.
자, 그럼 시의 세계로 들어가 볼까요?

시와 만나기

수준 : 중학교 1학년~2학년

말 1

정 지 용 1927년

말아, 다락*같은 말아,
너는 점잖도 하다만은
너는 왜 그리 슬퍼 뵈니?
말아, 사람 편인 말아,
검정 콩* 푸렁 콩을 주마.

이 말은 누가 난* 줄도 모르고
밤이면 먼 데 달을 보며 잔다.

* 다락 부엌 천장 위에 이층처럼 만들어서 물건을 두게 되어 있는 곳. 또는 '다
락집'을 뜻하는 것으로 사방을 볼 수 있도록 높은 기둥 위에 지은 누각.
* 콩 말의 건강식품.
* 난 낳은.

명석 : "말아, 다락같은 말아" 하며 아이가 친구에게 하듯이 부르고 있어.

은유 : 말을 부르는 아이는 말 키우는 집에 살거나, 아니면 말에게 매우 관심이 많은 아이일 거야.

명석 : "다락같은"은 덩치가 매우 크다는 거지?

은유 : 그렇지. 그런데 요즘은 다락이란 말을 거의 사용하지 않잖아. 1920년대에 쓰인 시니까 "다락같은"이라고 했겠지.

명석 : 지금 시대에 맞춘다면 '트럭 같은 말아'라고 할 것 같아.

은유 : 그거 멋진데! '트럭'과 '말'은 비슷한 점이 있잖아. 크고 잘 달리고…….

명석 : 그런데 '다락같은'이란 말에서는 덩치가 크다는 느낌보다는 친밀감이 더 느껴져.

은유 : 나도 그래. 그것은 1연 2~3행 "점잖도 하다만은 / 너는 왜 그리 슬퍼 뵈니?" 하며 친구처럼 말에게 다가가기 때문일 거야.

명석 : 그렇겠어. 그런데 여기서 점잖다는 것은 말이 멋있게 보인다는 것인데, 뒤에서는 왜 슬퍼 보인다고 하는 거지?

은유 : 그 이유는 2연에 나와 있어. "누가 난 줄도 모르고"라는 구절에서 보듯이 자기를 낳아 준 엄마를 모르기 때문이야.

명석 : 글쎄……. 자기를 낳아 준 엄마를 모를 리 없잖아?

은유 : 생각해 보니 그러네. 왜 엄마를 모른다고 하는 거지?

김샘 : 말은 개, 소처럼 사람과 가깝게 생활하는 "사람 편인" 가축이에요. 그런데 이 가축들은 어릴 때 다른 집으로 팔려 가 부모가 누구인지도 모른 채 고아처럼 지내는 경우가 대부분이에요.

은유 : 그렇구나. 그러고 보니, 들짐승은 함께 무리 지어 생활하는데 가축은 대부분 홀로 지내요.

명석 : 나도 집에서 개를 키운 적이 있는데, 새끼를 낳자마자 바로 다른 데로 보낸 일이 있었어. 말의 멋있는 모습 뒤에 엄마와 떨어져 홀로 자라는 슬픔이 감추어져 있었구나.

은유 : 슬픔을 달래려고 말이 좋아하는 콩을 줘도 소용이 없겠어.

명석 : 말이 "달을 보며" 자는 것은 엄마가 보고 싶어서겠지?

은유 : 그렇지. 엄마도 어디선가 자식이 보고 싶어 달을 보고 있을 거라고 여기는 거야. 달이 거울처럼 엄마의 얼굴을 비추었으면 좋겠어.

명석 : 그러면 만날 순 없어도 달을 보며 위로받을 수 있겠지.

은유의 시 노트

몇 년 전, 뉴스에서 어떤 할머니가 길에 버려진 개들을 데려다 정성스레 키우는 이야기를 들려준 적이 있다. 천 마리가 넘는 개들을 키운다는 소리를 듣고 무척 놀랐다. 이 시를 읽고 나니, 할머니도 고아로 자라나는 개들이 슬퍼 보여서 그런 일을 시작했을 거라는 생각이 든다.

빵집

이 면 우 2001년

빵집은 쉽게 빵과 집으로 나뉠 수 있다
큰길가 유리창에 두 뼘 도화지 붙고 거기 초록 크레파스로
아저씨 아줌마 형 누나님
우리집 빵 사 가세요
아빠 엄마 웃게요, 라고 쓰여진 걸
붉은 신호등에 멈춰 선 버스 속에서 읽었다 그래서
그 빵집에 달콤하고 부드러운 빵과
집 걱정 하는 아이가 함께 있는 걸 알았다

나는 자세를 반듯이 고쳐 앉았다
못 만나 봤지만, 삐뚤빼뚤하지만
마음으로 꾹꾹 눌러 쓴 아이를 떠올리며

시 읽고
대화하기

은유 : 빵집에 "우리집 빵 사 가세요"라는 글을 붙여 놓은 아이의 행동이 인상적이야. 나도 아버지가 경제적으로 힘들어하실 때 핸드폰으로 '힘내세요!'라는 문자 메시지를 보낸 적이 있는데, 이 시는 그때 일을 떠올리게 해.

명석 : 아이의 행동이 흐뭇하고 귀여워. 그렇지만 이 아이처럼 "우리집 빵 사 가세요" 하고 알리면, 오히려 사람들이 사 가지 않을 것 같아. '저 집 빵은 잘 팔리지 않는 것 같은데, 맛이 없는가 봐.' 하고 생각할 테니까.

은유 : 물론 그런 역효과가 날 수도 있겠지. 하지만 사람들은 아이의 행동에 가슴이 찡할 거야.

명석 : 그래도 내가 보기엔 역효과가 더 클 것 같은데?

은유 : 명석아, 우리가 이 시에서 감상하려는 것은 아이의 홍보가 효과가 있나 없나를 따지는 것이 아니잖아.

명석 : 그렇지……. 시인은 빵집을 '빵'과 '집'으로 나누고 있어. 그렇게 나누면 빵집이 어떻게 되는 거지?

은유 : 단순한 빵집이 아니라, "집 걱정 하는 아이"가 있는 빵집이 돼. '누나님'이라는 표현이 재미있지 않니?

명석 : '누님'이라고 하지 않고 '누나님'이라고 하니 아이의 순진한 얼굴이 떠올라.

은유 : 그런데 2연 첫 행에서 시인은 왜 "자세를 반듯이 고쳐 앉

앴"을까?

명석 : 유리창의 글씨를 잘 보려고?

은유 : 아닐 거야. 글씨는 이미 보았잖아.

김샘 : 앞뒤의 내용을 잘 살펴보면 알 수 있어요. 뒤에 "아이를 떠올리며"라는 구절이 있지요. 사람은 진실된 모습에 감동받았을 때 자세를 바로잡아 자신의 모습이 어떤지 돌아보아요. 그럼 시인은 무엇에 감동을 받았고 자신의 무엇을 돌아보고 있을까요?

은유 : 시인은 부모님을 걱정하는 아이의 마음에 감동받은 거예요. 그래서 '나는 저 아이와 같이 걱정하는 마음을 갖고 있는가?' 하고 자신을 돌아봐요.

명석 : 시인은 지금 기도를 하고 있어. 아이의 소원이 이루어지길 바라는 기도를 드리는 거야.

은유 : 시인은 다른 이의 아픔을 자신의 아픔으로 여겨. 이런 사람을 보통 뭐라고 하지? 감정이 풍부한 사람?

김샘 : 감정이 풍부한 사람이라는 표현도 틀렸다고 할 순 없지만, 일반적으로는 감수성*이 풍부하거나 감수성이 예민한 사람이라고 하지요.

명석 : 시인도 감수성이 풍부하지만, 빵집의 아이가 정말 감수성이 풍부한 것 같아요.

* 감수성 사물이 만들어 내는 아주 사소한 느낌까지 생생하게 받아들이는 능력으로, 그 속에 평범한 감각의 틀을 깨고 새로운 인식을 일깨우는 힘이 있다. 흔히 어른보다 청소년들이 감수성이 풍부하다.

오리 한 줄

신 현 정 2005년

저수지 보러 간다

오리들이 줄을 지어 간다

저 줄에 말단末端*이라도 좋은 것이다

꽁무니에 바짝 붙어 가고 싶은 것이다

한 줄이 된다

누군가 망가뜨릴 수 없는 한 줄이 된다

싱그러운 한 줄이 된다

그저 뒤따라가면 된다

뒤뚱뒤뚱하면서

엉덩이를 흔들면서

급기야는 꽥꽥대고 싶은 것이다

오리 한 줄 일제히 꽥 꽥 꽥.

시 읽고
대화하기

명석 : 유치원 때 나란히 줄을 지어 가던 모습이 떠올라. 선생님이 "오리는" 하면 우리는 "꽥꽥" 하며 행진했지.

은유 : 그때 우리 모습을 생각하면 오리와 잘 어울리는 것 같아.

명석 : 그런데 이 시에서는 어른이 오리처럼 걷고 싶다고 말하니 좀 이상해. 왜 그러는 거지?

은유 : 아마 오리의 걸음이 재미있어서 그러는 걸 거야. 재미있으면 자신도 따라 하고 싶은 마음이 들잖아.

명석 : 아무리 재미있다고 하더라도 어른이 오리처럼 걸으면 좀 창피할 것 같은데?

은유 : 재미에 빠지면 창피한 것도 잊어버리잖아. 6~7행 "누군가 망가뜨릴 수 없는 한 줄이 된다 / 싱그러운 한 줄이 된다"를 보면 알 수 있어. 이것은 창피할까 봐 신경 쓰는 행동이 아니야.

김샘 : 여러분이 이야기하고 있는 어른은 이 시의 화자[*]예요. 시의 화자가 오리 꽁무니에 붙어 가고 싶은 것은 재미있기 때문이죠. 그런데 좀 더 깊이 있게 감상해 봐요. 3행 "저 줄에 말단이라도 좋은 것이다"에서 오리 줄의 '끝'이라 하지 않고 '말단'이라고 표현한 이유를 생각해 봐요. '말단'이란 낱말은 생활에서 이익이나 권한과 관련해서 쓰여요. 보통 어른들은 말단에 있고 싶어 하지 않죠. 될 수 있으면 이익이나 권한을 많이 차지하기 위해 줄의 앞자리에 있으려고 하죠.

은유 : 그럼 시의 화자는 이익이나 권한에 관심이 없는 거네요.

명석 : 은유야, 말단을 싫어하는 것은 어른들만이 아니라 우리도 마찬가지잖아.

은유 : 그렇지. 급식 시간에 앞줄에 서려고 얼마나 치열하니! 어떨 때는 새치기도 하고.

명석 : 점심시간에 다른 사람보다 빨리 밥을 먹고 놀 시간을 더 많이 버는 것은 우리에게 아주 중요하지. 그것은 달콤한 특권이고 혜택이야!

은유 : 그럼, 시의 화자는 "오리 한 줄"을 경제적 이익이나 특권과 관련 없는 순수한 세계로 보고 있어.

명석 : "뒤뚱뒤뚱"과 "꽥 꽥 꽥"은 신이 나서 하는 행동이나 소리야.

은유 : 명석아, 그런데 시의 화자가 정말 경제적 이익이나 특권에 관심이 없는 걸까? 나는 뭔가 해결되지 않은 느낌이 들어.

명석 : 글쎄……. 그럼 이렇게 추리해 보면 어떨까? 경제적 이익이나 특권에 관심이 있었는데, 이제는 거기에서 벗어나고 싶은 거야. 그래서 순수의 세계에서 오리처럼 "엉덩이를 흔들면서" "꽥꽥대고 싶은" 거지.

은유 : 날카로운걸! 그렇게 보니 화자의 마음을 더 뚜렷하게 느낄 수 있겠어.

---

* 시의 화자 시에서 말하는 이. 시인이 시를 쓸 때 화자를 두는 것은 자신의 감정과 생각을 화자의 목소리를 통해 다양하게 표현할 수 있기 때문이다. 시의 화자는 시인 자신일 수도 있고 다른 사람일 수도 있다. 앞에서 읽은 시 「말 1」에서 시의 화자는 말을 보고 있는 어린이이다.

이 바쁜 때 웬 설사

김 용 택 1995년

소낙비는 오지요
소는 뛰지요
바작*에 풀은 허물어지지요
설사는 났지요
허리끈은 안 풀어지지요
들판에 사람들은 많지요.

＊바작 '발채'의 방언. 지게에 얹어서 짐을 싣는 소쿠리 모양의 물건. 싸리나 대
오리로 둥글넓적하게 조개 모양으로 엮어서 접었다 폈다 하게 되어 있다.

26

시 읽고
대화하기

명석 : 갑자기 설사가 나서 고생했던 때를 생각하면 지금도 아찔해. 그날따라 화장실이 꽉 차고 수업 종은 울리고, 옆의 여학생 화장실은 한가했지만 갈 수는 없고, 터지기 바로 직전에 사람이 나와서 겨우 해결할 수 있었어.

은유 : 설사는 말만 들어도 구질구질하고 냄새가 나잖아. 다른 사람에게 말하는 것도 좀 창피하고…….

명석 : 그런데 여기서는 설사가 시의 소재가 되고 있어.

은유 : 우리가 알기로 시의 소재는 좀 고상한 것들이잖아. 설사가 시의 소재로 나오니 색다른 느낌이 들어.

명석 : 설사의 구질구질함이 사라지고 웃음이 절로 나.

은유 : 설사는 급한데 허리끈이 안 풀어져 허둥대는 모습도 우스꽝스러워.

김샘 : 그래요. 이 시는 참 재미있어요. 그런데 재미있는 점만 보지 말고, 시의 화자가 왜 허둥댈 수밖에 없는지 그 처지를 생각해 봐요.

명석 : 그러고 보니, 시의 화자가 생리 현상인 설사마저 제대로 해결할 수 없는 처지네요.

은유 : 들판에서 일하는 농부의 어려움을 느낄 수 있어.

명석 : 만약에 화자가 회사원이라면 어떨까?

은유 : 설사 때문에 이렇게 허둥대지는 않을 거야. 소낙비 걱정할

필요 없지, 날뛰는 소가 있는 것도 아니지, 자기를 쳐다볼 사람이 있는 것도 아니지…….

명석 : 맞아! 회사원은 얼굴은 찡그리겠지만 혼자 몰래 해결하면 되잖아.

은유 : 그런데 명석아, 표현이 좀 특이하지 않니? 행마다 끝에 '~지요'라는 표현을 반복해.

명석 : '~지요'라는 표현을 반복하면, 어떤 느낌이 드는 걸까?

은유 : '~고요'를 쓰는 경우와 비교해 보면 어떨까? '~지요'는 느린 느낌이 드는데, '~고요'는 좀 빠른 느낌이 드는 것 같아.

명석 : 그럼, 화자가 허둥대고 있으니 동작이 빨라져야 하지 않아? '~고요'라는 표현이 더 어울릴 것 같은데.

은유 : 그렇게 보면 그런 것 같고…….

김샘 : 은유의 말처럼, '~지요'는 느린 느낌을 줘요. 이 시는 난처한 일이 한꺼번에 발생해서 빠르게 해결해야 하지만 그러지 못하는 상황을 그린 거예요. '~지요'를 반복함으로써 이런 답답한 상황을 효과적으로 나타내고 있지요.

명석 : 허둥대지만 어느 것 하나 해결하지 못하는 상황을 '~지요'라는 표현으로 잘 나타내는 것이네요.

은유 : 이 시를 읽으면 허둥대는 모습이 느린 동작으로 재생되는 동영상을 보는 것 같아.

명석의 시 노트

쉬는 시간은 친구들과 얘기하고 장난치다 보면 어느덧 지나가 버린다. 시작종이 울리면 그제야 수업 준비를 하느라 정신없다. 더구나 갑자기 화장실을 가야 할 상황이 되면 난처해진다. 그 처지는 허둥댈 수밖에 없는 이 시의 화자와 크게 다르지 않은 것 같다. 그래서 설사 때문에 고생했던 경험을 모방 시로 써 보았다.

종소리는 울리지요
과목은 수학이지요
과제는 깜박 잊고 안 가져왔지요
설사는 났지요
화장실 칸 마다마다 사람 있지요
여학생 화장실은 비었지요.

풀잎 2

박성룡 1969년

풀잎은
퍽도 아름다운 이름을 가졌어요.
우리가 '풀잎' 하고 그를 부를 때는,
우리들의 입 속에서는 푸른 휘파람 소리가 나거든요.

바람이 부는 날의 풀잎들은
왜 저리 몸을 흔들까요.
소나기가 오는 날의 풀잎들은
왜 저리 또 몸을 통통거릴까요.

풀잎은
퍽도 아름다운 이름을 가졌어요.
우리가 '풀잎' '풀잎' 하고 자꾸 부르면,
우리의 몸과 맘도 어느덧
푸른 풀잎이 돼 버리거든요.

시 읽고
대화하기

명석: 휘파람 소리 잘 내니?

은유: 잘 안 돼. 입술을 모아서 해 봐도 바람 빠지는 소리만 나.

명석: 그럼 이 시에서처럼 '풀잎', '풀잎'을 잇달아 빨리 말해 봐. 그렇게 하면 휘파람 소리가 나.

은유: 정말이네. 왜 그렇지?

김샘: 그것은 휘파람 소리와 비슷한 'ㅍ'음이 반복되기 때문이죠. 시인이 낱말에서 나오는 소리 하나까지 예민하게 듣고 있음을 알 수 있어요. 시인의 뛰어난 언어 감각*을 느낄 수 있죠.

은유: 그러고 보면 "푸른 휘파람 소리"에서도 'ㅍ'음이 반복돼.

명석: 이 표현 멋있어. '휘파람 소리'를 '푸르다'고 말하잖아.

은유: 청각적 느낌을 시각화해서 표현한 거네. 이런 걸 공감각*이라고 하지. 전에 배웠어.

명석: 나도 그건 배워서 알고 있거든!

은유: 알았어. 그런데 2연에서는 내용이 좀 바뀌지 않니?

명석: 그래. 1연이 풀잎이 내는 소리를 말한다면, 2연은 풀잎이 움직이는 모습을 말해.

---

* 언어 감각 언어의 이해와 표현에서 세세한 부분을 놓치지 않고 언어를 섬세하게 다루어 새로운 의미를 만드는 능력을 말함.
* 공감각 하나의 감각이 다른 영역의 감각을 일으키는 일. 또는 그렇게 일으켜진 감각. 소리를 들으면 빛깔이 느껴지는 것 따위.

은유 : 소나기를 맞으면 풀잎은 통통거린다고 표현했어. 통통거린다니 풀잎 안에 스프링이 달려 있는 것 같아.

명석 : 바람 불고 비가 오면 풀잎이 움직이는 것은 당연한 자연 현상이잖아. 그런데 어째서 왜냐고 물을까?

은유 : 글쎄……. 자연 현상을 몰라서 그러지는 않았을 텐데.

김샘 : 당연한 것을 의문문으로 나타내면 새롭게 보게 되죠. 당연한 것에 어떤 신비감을 느끼게 만들어요.

명석 : 다시 천천히 읽어 보니, 바람과 소나기에 풀잎이 신비롭게 반응하는 것 같아요.

은유 : 명석아, 3연 4~5행 "몸과 맘도 어느덧 / 푸른 풀잎이 돼 버리거든요"는 무엇을 말하는 것 같니?

명석 : 몸과 맘이 진짜 풀잎으로 변신하는 것은 아닐 테고…….

은유 : 이렇게 해 보면 어떨까? 우리가 풀잎이 되었다고 가정하고 일어나는 일들을 생각해 보는 거야.

명석 : 좋아! 그것은 1, 2연에 나와 있어. 우리도 휘파람 소리를 낼 수 있고, 스프링을 단 것처럼 통통거릴 수 있어.

은유 : 3연 3행처럼 우리가 "'풀잎' 하고 자꾸 부르면" 그렇게 된다는 거지. 마치 '풀잎'이란 이름이 주문처럼 느껴져. 주문을 자꾸 외우면 마법이 일어나잖아.

명석 : 멋진 생각인데! 그럼 3연을 이렇게 정리하면 되겠어. '풀잎'이 지니는 마법의 힘이라고.

비

황인숙 1998년

아, 저, 하얀, 무수한, 맨종아리들,
찰박*거리는 맨발들.
찰박 찰박 찰박 맨발들.
맨발들, 맨발들, 맨발들.
쉬지 않고 찰박 걷는
티눈* 하나 없는
작은 발들.
맨발로 끼어들고 싶게 하는.

* 찰박 '찰바닥'의 준말. 얕은 물을 밟거나 치는 소리, 또는 그 모양.
* 티눈 손이나 발에 생기는 사마귀 비슷한 굳은살.

33

시 읽고 대화하기

은유 : 어렸을 적 비 오는 날 앞마당 물웅덩이에서 놀던 기억이 떠올라. 비가 우산에 부딪쳐 나는 두두두 소리와 장화를 신고 웅덩이에서 첨벙첨벙 걷던 놀이가 재미있었지.

명석 : 시인도 비슷한 경험이 많았던 것 같아. 틀림없이 맨발로 빗속을 다니는 걸 좋아했을 거야.

은유 : 그래. 그래서 시인은 빗줄기를 맨종아리라고 표현했나 봐.

명석 : 빗줄기를 자세히 보면 어린아이 맨종아리처럼 보이지 않니? 하얗고 가늘잖아.

은유 : 맨종아리라고 표현하니 빗줄기가 살아 있는 생명처럼 돌아다니는 느낌이 들어.

명석 : 맞아. 시인은 살아서 돌아다니는 느낌을 '찰박'과 '맨발들'이란 말로 표현하고 있어.

은유 : 그러고 보니 표현이 특이해. '찰박'과 '맨발들'이라는 시어를 여러 번 반복하잖아. 이렇게 여러 번 반복하는 이유가 뭘까?

명석 : 여러 번 반복하니 실제 빗소리가 들리는 것 같아.

은유 : 이런 소리도 들려. 무수한 맨발들이 뛰노는 발자국 소리.

---

* 이미지 독자가 시를 읽을 때 마음속에 떠오르는 모습이나 느낌을 말함. 보통 이미지는 시각, 청각 등 감각의 형태로 나타남.
* 스타카토 악보에서, 한 음 한 음씩 또렷하게 끊듯이 연주하라는 말. 음표 위에 '•'을 찍어 표시함.

김샘 : 시인의 뛰어난 언어 감각을 느낄 수 있지요? 시인은 '찰박'과 '맨발들'이라는 시어 두 개로 비 내리는 모습을 생동감 있게 표현해요. 그리고 "찰박"과 "맨발들"이 반복되면서 청각 이미지*와 시각 이미지가 만들어지는데, 이 두 심상은 서로 교차하면서 비 오는 날의 분위기를 환상적이고 생기 넘치게 만들어요.

은유 : 낱말 몇 개만으로 큰 효과를 만들다니 아주 경제적인데요.

명석 : 특이한 표현은 또 있어. 첫 행에서 낱말 하나하나마다 쉼표가 있잖아. 왜 이렇게 했을까?

은유 : 쉼표가 없을 때와 있을 때를 비교해 보자.

명석 : 쉼표가 없을 때는 행 전체로 느끼게 되는데, 쉼표가 있으니까 낱말 하나하나로 느끼게 돼. 마치 음표 위의 스타카토*처럼.

은유 : 오, 그러네. 그것도 있지만, 나는 시인이 내리는 빗방울 하나하나를 자세히 관찰하는 것처럼 느껴져.

명석 : 마지막 행 "맨발로 끼어들고 싶게 하는"을 보니 앞에서 읽은 시 「오리 한 줄」이 생각나.

은유 : 그래. 거기에서 시의 화자는 오리 한 줄의 말단에라도 붙어 가고 싶어 했지. 두 마음이 서로 같아 보여.

은유의 시 노트

아이돌 그룹 슈퍼주니어의 '쏘리쏘리'라는 노래가 생각난다. "쏘리 쏘리 쏘리 쏘리 내가 내가 내가 먼저 / 네게 네게 네게 빠져 빠져 빠져 버려"하고 시작하는데 같은 멜로디와 가사가 반복되기 때문에 귀에 쏙쏙 들어온다. 이처럼 반복은 묘한 매력이 있다.

햇살의 분별력

안 도 현 2001년

감나무 잎에 내리는 햇살은 감나무 잎사귀만 하고요
조릿대 잎에 내리는 햇살은 조릿대 잎사귀만 하고요

장닭 볏을 만지는 햇살은 장닭 볏만큼 붉고요
염소 수염을 만지는 햇살은 염소 수염만큼 희고요

여치 날개에 닿으면 햇살은 차르륵 소리를 내고요
잉어 꼬리에 닿으면 햇살은 첨버덩 소리를 내고요

거름 더미에 뒹구는 햇살은 거름 냄새가 나고요
오줌통에 빠진 햇살은 오줌 냄새가 나고요

겨울에 햇살은 건들건들 놀다 가고요
여름에 햇살은 째빠지게 일하다 가고요

명석 : "염소 수염을 만지는 햇살", "오줌통에 빠진 햇살" 같은 표현이 재미있어.

은유 : 표현도 재미있지만 제목도 특이해. "햇살의 분별력"이란 '햇살이 분별하는 힘'을 가졌다는 뜻인데, 무얼 분별한다는 걸까?

명석 : 사물의 모양이나 빛깔이 아닐까? 어두우면 아무것도 보이지 않잖아.

은유 : 그러고 보면 이 시는 과학적인 현상을 시로 표현하고 있어. 보통 시는 인간의 감정을 주로 나타내는 데 반해서 말이야.

명석 : 이 시는 나를 위한 시인걸. 과학 하면 나잖아.

은유 : 그럼 시인이 말하는 햇살이 분별하는 힘에는 어떤 것들이 있지?

명석 : 1연은 모양을 분별하는 힘이야. 햇살이 내려야 잎사귀도 잎사귀 모양으로 보인다는 것이지.

은유 : 오, 훌륭한걸. 그럼 2연은 어떤 힘이야?

명석 : 이것은 빛깔을 분별하는 힘이지. 햇살이 만져야 붉은색, 흰색을 제대로 볼 수 있으니까.

은유 : 그런데 3연은 소리여서 햇살과 관련 없는 현상 같은데?

명석 : 그러네. 어두워도 소리는 잘 들리잖아.

김샘 : 이렇게 생각해 보면 어떨까요? 햇살이 닿아야 여치와 잉어도 살아 움직일 수 있어요.

은유 : 그렇구나, 여치와 잉어도 살아 움직여야 자기 소리를 낼 수 있다는 것이네요.

명석 : 그럼 4연의 냄새도 이렇게 생각하면 되겠어. 햇살이 비쳐 기온이 올라가야 거름과 오줌도 썩지. 그래야 냄새가 나는 거야.

은유 : 4연까지는 그렇게 보면 되는데, 5연은 무슨 말이야? 어떻게 햇살이 겨울엔 놀고 여름엔 일한다는 거지?

명석 : 겨울 햇살은 차갑고 여름 햇살은 뜨겁다는 것이 아닐까?

은유 : 글쎄? 햇살이 차가우니까 놀고, 뜨거우니까 일한다는 건 이해가 안 되는걸.

김샘 : 여기서는 햇살에 따라 구분되는 사람의 행동을 말해요. 여름에는 햇살이 길게 비쳐 많은 시간 일하고, 겨울에는 짧게 비쳐 적은 시간 일해요. 농촌에서 겨울은 한가하고 여름은 바쁘죠.

명석 : 아, 5연은 농촌 사람들의 생활 모습을 말하는 거구나!

은유 : 시인은 우리가 생각하지 못했던 "햇살의 분별력"을 여러 가지로 밝히고 있어.

명석 : 맞아, 시인은 관찰력이 무척 뛰어난 사람 같아. 햇살이 우리 주변에서 어떤 일들을 하는지 자세히 말해 줘.

명석의 시 노트

햇살의 분별력을 하나 더 찾아본다면 무엇이 있을까? 1, 2연이 시각, 3연이 청각, 4연이 후각과 관련된 분별력이니, 그 밖에 미각이나 촉각과 관련된 분별력을 찾아보면 재미있을 것 같다. "김치에 담긴 햇살은 시큼한 맛이고요 / 떡볶이에 버무려진 햇살은 매콤한 맛이고요"라고.

월식

남 진 우 2006년

달을 따기 위해
지붕에 사다리를 걸쳐 놓고 올라간 아이와

달을 건지기 위해
두레박을 타고 우물 속으로 내려간 아이가

이 밤
저 달에서 만나 서로 손을 맞잡는다

우물에 떠 있는 달 속으로
지금 막 올라간 아이가
달을 따 들고
지붕 밑으로 내려온다

시 읽고 대화하기

은유: 나도 시 속의 아이처럼 달을 따고 싶었는데 방법이 없었어.

명석: 누구나 한번쯤은 이런 마음을 가져 봤을 거야.

은유: 제목은 잊었는데 달을 따는 애니메이션을 본 적이 있어.

명석: 어떤 내용이야?

은유: 어린 딸이 달을 따고 싶어 하니까 아빠가 사다리를 타고 올라가 달을 따 들고 오는 내용이야.

명석: 재미있겠네. 어떻게 달을 따 들고 와?

은유: 아빠는 보름달이 너무 무거워서 따지 못하자 그믐달이 될 때까지 기다려. 달이 작아지자 따 오는 거지. 그리고 딸은 그믐 달을 장난감처럼 갖고 놀았던 것 같아.

김샘: 은유가 말하는 애니메이션의 제목은 〈아빠, 달을 따 주세요〉예요. 아빠가 그믐달을 따 오자 하늘에서 잠시 달이 사라져요. 딸이 나중에 그믐달을 하늘로 던지는데 그것이 초승달로 바뀌고 다시 보름달로 커져서 딸의 방 창문을 비추는 장면으로 끝나지요.

명석: 〈아빠, 달을 따 주세요〉라는 애니메이션과 이 시는 모두 달을 따는 것을 소재로 재미난 상상력[*]을 보여 주네요.

은유: 그건 그렇고, 2연에서 "달을 건지기 위해 / 두레박을 타고 우물 속으로 내려간다"는 것은 무슨 말일까? 달이 왜 우물 속에 있지?

40

명석 : 달이 우물에 비친 것을 실제 달이 있는 것으로 생각하는 거겠지. 이 아이는 아주 순진하며 호기심이 많은 아이일 거야.

은유 : 3연에서 "저 달에서 만나 서로 손을 맞잡는" 것은 사다리 타고 올라간 아이와 우물 속으로 내려간 아이가 서로 힘을 합쳐 달을 따기로 했다는 거네.

명석 : 4연을 보면 두 아이는 마침내 달 따기에 성공해. 그런데 "우물에 떠 있는 달 속으로 / 지금 막 올라간"이라는 표현이 이해가 잘 안 돼.

은유 : 그래, 우물이면 내려가야 하는데 왜 올라간다고 표현하지?

김샘 : 이것은 두 아이가 행동을 동시에 펼치는 것을 압축해서 나타낸 것으로 보면 돼요. 달을 따기 위해 하늘로 올라가고 우물로 내려가는 두 가지 행동을 하나의 행동처럼 표현한 것이죠. 그러면 3연의 "이 밤"은 어떤 밤인가요?

은유 : 그것은 제목에 나와 있어요. '월식'이 일어나는 밤이에요. 질문이 너무 쉬운데요?

명석 : 그러면 두 아이는 착각하고 있는 셈이네. 월식이 일어나 달이 사라지는 것을 자신들이 달을 따서 그렇게 됐다고 말이야.

은유 : 여기서 착각인지 아닌지는 중요하지 않아. 어차피 상상의 세계잖아. 시인은 월식을 보며 달이 사라진 것을 아이들이 달을 땄기 때문이라고 상상한 거지.

명석 : 맞아. 그러니까 이 시는 과학 현상을 상상력을 발휘해 새롭게 해석한 시라고 할 수 있겠어.

---

* 상상력　실제로 경험하지 않은 현상이나 사물을 실제 경험한 것처럼 마음속으로 그려 보는 정신적 능력.

밤에

최 영 철 2003년

하늘로 가 별 닦는 일에 종사하라고
달에게 희고 동그란 헝겊을 주셨다

낮 동안 얼마나 열심히 일했는지
밤에 보면 헝겊 귀퉁이가
까맣게 물들어 있다

어두운 때 넓어질수록
별은 더욱 빛나고

다 새까매진 달 가까이로
이번에는 별이 나서서
가장자리부터 닦아 주고 있다

시 읽고 대화하기

은유 : 「월식」도 분위기가 환상적이었는데, 이 시도 그래.

명석 : 달에 대해서 사람들은 많은 걸 상상하는 것 같아. 달은 해와 달리 모양이 다양하게 변하고 자세히 볼 수 있기 때문이겠지.

은유 : 넌 달이 뭐 같다고 생각해?

명석 : 피자 같아. 둥글잖아. 그리고 빵과자 같아. 둥글고 색깔도 비슷해. 그리고…….

은유 : 너는 어찌 다 먹는 것으로만 표현하니? 그렇지 않아도 배고픈데. 그동안 우리가 읽은 시처럼 한번 멋지게 비유*해 봐.

명석 : 그렇다고 구박을 하고 그러니? 어쨌든 시인은 왜 달을 동그란 헝겊에 비유했을까?

은유 : 비슷한 점이 많아. 모양과 색깔뿐만 아니라, 달도 중간 중간에 어두운 부분이 있는 것처럼 헝겊도 울퉁불퉁해서 어두운 부분이 있어.

명석 : 그렇게 보면 빵과자도 울퉁불퉁해. 거봐, 내가 비유를 잘했지?

은유 : 그래, 인정해 주지. 그렇지만 빵과자는 별 닦는 일을 할 수

---

*비유   어떤 사물이나 현상을 그것과 비슷한 다른 사물이나 현상에 빗대어 표현하는 방법을 말한다. 비유에는 대표적으로 은유와 직유가 있다. 비유에 의한 의미는 국어사전에 나오는 의미가 아닌 그에 연상되는 함축적 의미이다.

없어. 동그란 헝겊은 할 수 있지만.

명석 : 그렇지만 어떻게 달이 별을 닦을 수 있지? 달이 닦아 주니까 별이 환해진다는 이야기인데, 달이나 별이나 햇빛을 받아 빛을 내니까 같은 처지 아닌가?

은유 : 여기서는 그렇게 과학적으로 따져서 될 게 아니야.

명석 : 그럼 시인은 왜 달을 별의 청소부로 생각한 거지?

은유 : 내가 보기에 별이 아기이고 달은 엄마인 것 같아. 엄마는 아기가 더러우면 깨끗이 닦아 주잖아.

명석 : 그렇게 생각하고 보니 정겨운 느낌이 드네. 그런데 2연에서 "헝겊 귀퉁이가 / 까맣게 물들어 있다"는 건 무슨 뜻이야?

은유 : 글쎄. 달이 실제로 별을 닦는 게 아니어서 달 귀퉁이가 까매질 리는 없는데 말이지.

김샘 : 이것은 보름달이 하현달로 변화하는 모습을 표현한 것이에요. 여러분이 알고 있듯이 보름이 지나면 동그란 달의 오른쪽부터 조금씩 이울기 시작하죠.

명석 : 그렇네요. 이 시는 달의 모습이 변하는 것을 달이 별을 닦아서 그렇게 된다고 보는 거예요.

은유 : 그럼, 3연의 "어두운 때 넓어질수록"은 달이 점점 작아져서 그믐달에 가까워진다는 거겠네.

명석 : 그리고 "별은 더욱 빛"난다는 것은 그만큼 헝겊이 더러워졌다는 거지.

김샘 : 여기서 "어두운 때"의 의미를 두 가지로 생각할 수 있어요. '더러워진 부분'으로 생각할 수도 있고, '깜깜한 시간'으로 이해할 수도 있어요. 그믐이 되어 달빛이 없어지면 별은 더욱 반짝이게 되죠.

은유 : 두 가지 측면에서 보니까 그믐달과 별의 관계가 입체적으로 보이는 것 같아요.

명석 : 4연에선 반대로 별이 달을 닦아 줘. 달이 그믐달에서 다시 초승달로, 반달로 커지는 것은 별이 닦아 주기 때문인 거네?

은유 : 별이 달을 닦아 주는 모습이 인상적이야. 마치 아기가 어른이 되어서 늙은 엄마를 여기저기 닦아 주는 것 같아.

명석의 시 노트

밤하늘에서 이런 아름다운 일이 일어나고 있다니! 밤하늘이 아름다운 것은 달과 별의 이런 다정함 때문이다. 그런데 달과 별은 서로 무엇을 닦아 주고 있을까? 달은 별의 눈물을 닦아 주고 별은 달의 땀을 닦아 주는 것일까? 아니면 서로의 꿈을 맑게 닦아 주는 것일까?

발자국

김 명 수 1995년

바닷가 고요한 백사장 위에

발자국 흔적 하나 남아 있었네

파도가 밀려와 그걸 지우네

발자국 흔적 어디로 갔나?

바다가 아늑히 품어 주었네

시 읽고 대화하기

은유 : 이 시는 스스로 묻고 답해.

명석 : 우리가 볼 때는 물을 내용이 아닌데도 묻고 있어. '백사장의 발자국'은 당연히 파도에 지워지잖아.

은유 : 앞에서 읽은 시 「풀잎 2」에서도 시인은 당연한 자연 현상에 의문을 갖잖아. 시인은 무엇이든 그냥 넘어가지 않는 사람인 것 같아.

명석 : 그렇게 의문을 가지니까 파도에 지워진 발자국을 "바다가 아늑히 품어 주었네"라고 표현할 수 있겠지.

은유 : 뒤집어서 생각하는 거야. 지워 버리는 것을 아늑히 품어 주는 것으로.

김샘 : 이런 걸 역발상의 상상력이라고 할 수 있어요. 사라진 것을 남아 있는 것으로, 더러운 것을 아름다운 것으로 상상하는 것이죠. 이렇게 하면 사물의 모습을 새롭게 보게 돼요. 여러분은 시인의 상상에서 어떤 느낌이나 생각이 드나요?

명석 : 지워 버리는 것은 차가운 느낌인데, "아늑히 품어 주었"다고 하니 따뜻한 느낌이 들어요. 바다가 마치 어머니 같아요.

은유 : 나는 "발자국 흔적"이 사라진 것이 아니고 바다에 남아 출렁이고 있다는 생각이 들어.

명석 : 와, 멋진 생각이다! 그런데 시인이 사라진 것을 남아 있다고 생각하게 되는 근거는 뭐지?

은유 : 특별한 근거가 있겠니?

명석 : 뒤집어 상상하는 것에도 이유와 근거가 있을 거야.

은유 : 그렇긴 하겠다. 혹시 사라져 버리는 '발자국 흔적'이 불쌍해서 그런 게 아닐까?

명석 : 그럼 '발자국 흔적'은 왜 불쌍하게 보이는 건데?

은유 : 글쎄…….

김샘 : 발자국 흔적이 바다에서 출렁인다는 것은 추억이 떠오른다는 것이죠. 발자국 흔적을 남긴 주인공이 바다에 가면 발자국을 남기며 걸었던 추억을 다시 생각하게 된다는 것이에요.

명석 : 아하! 그 이유가 추억이었어. 그래서 어려웠구나. 우리는 아직 그런 추억을 떠올릴 나이가 아니잖아.

은유 : 추억이 별다를 게 있니? 지난여름 가족과 함께 바닷가에 갔을 때의 즐거웠던 일을 떠올리면 그게 추억이지.

명석 : 그렇구나. 어쨌든 바닷가에 있던 사람은 사라졌지만 사람이 남겨 놓은 추억은 영원하다는 거야.

은유의 시 노트

아빠 직장 때문에 다른 학교로 전학 간 친구가 생각난다. 친구의 얼굴은 내 눈에서 사라졌지만, 친구와 함께했던 추억은 지금까지 내 마음속에 따뜻하게 남아 있다. 나도 그 추억을 이렇게 멋진 시로 쓸 수 있으면 좋겠다.

그 꽃

고은 2001년

내려갈 때
보았네
올라갈 때
보지 못한
그 꽃

시 읽고 대화하기

은유 : 이 시는 아주 짤막해.

명석 : 짤막하다는 것은 그만큼 생략이 많다는 거야. 생략이 많으면 상상력이 필요해. 상상으로 그것을 채워야 하니까.

은유 : 넌 엉뚱한 상상력으로 유명하잖아. 그런데 시의 감상은 엉뚱한 상상력만으로는 되지 않아.

명석 : 알고 있어. 그래도 나의 상상력이 시를 감상하는 데 도움이 되는 경우도 많아.

은유 : 이 시는 짤막한 시이니만큼 겉으로 드러나는 의미는 간단해. 올라갈 때 보지 못한 꽃을 내려갈 땐 보았다는 거야.

명석 : 시인은 엘리베이터를 탔던 경험을 말하고 있어.

은유 : 뭐? 엘리베이터?

명석 : 그래. 엘리베이터를 타고 올라갈 때는 없었는데 내려올 때 꽃을 든 사람이 같이 타게 되어 꽃향기를 마음껏 맡게 되었다는 거지.

은유 : 대단한 상상력인걸! 하지만 나는 그렇게 안 봐. 여기서 꽃은 갑자기 나타나는 것이 아니고 본래부터 있던 거야. 등산이라고 생각하면 어떨까?

명석 : 음, 등산이 더 어울리겠다. 산에는 꽃이 많으니까.

은유 : 그런데 올라갈 때 보지 못한 꽃을 내려올 땐 보았다는 말이 무슨 뜻일까? 등산을 하면 오를 때나 내려올 때나 자연스럽게

꽃을 보게 되잖아.

명석 : 그렇지. 없던 꽃이 갑자기 피어날 리도 없고 말이야.

김샘 : 누구나 산을 오른 경험이 있을 거예요. 그런데 정상에 오를 때는 힘들고 빨리 올라야겠다는 생각에 주변에 무엇이 있는지 찬찬히 바라볼 새가 없죠. 그러나 내려올 때는 천천히 내려오니까 올라올 때 보지 못했던 여러 가지 꽃과 주변 경치를 볼 수 있게 되죠.

은유 : 그럼, 급히 올라가느라 보지 못한 "그 꽃"을 천천히 내려오면서 볼 수 있었다는 거네요.

명석 : 그런데 "그 꽃"이 얼마나 중요하기에 보았다, 보지 못했다 따지는 걸까?

은유 : 아마 시인은 꽃을 통해 다른 이야기를 하려는 것 같아.

명석 : 다른 이야기라면…… 주변의 것을 천천히 살피는 생활 태도를 가지라는 것?

은유 : 비슷할 거 같아.

김샘 : 이 시는 산의 정상만 생각하다 보니 등산로에 핀 꽃을 보지 못했다는 것을 말해요. '정상'은 목표나 결과라고 할 수 있고, '등산로'는 과정이라고 할 수 있어요. 이것을 우리의 생활 경험으로 확대해서 생각해 봐요.

명석 : 목표나 결과만 생각해서 달리다 보면 과정에서 중요한 것을 놓칠 수 있다는 거네요.

은유 : 그런데 사람들은 결과만 보고 과정을 무시하는 경우가 많아. 열심히 시험공부를 한 과정은 보지 않고 성적만으로 모든 것을 판단할 때 섭섭한 적이 있었어.

소를 웃긴 꽃

윤희상 2007년

나주 들판*에서
정말 소가 웃더라니까
꽃이 소를 웃긴 것이지
풀을 뜯는
소의 발 밑에서
마침 꽃이 핀 거야
소는 간지러웠던 것이지
그것만이 아니라
피는 꽃이 소를 살짝 들어 올린 거야
그래서,
소가 꽃 위에 잠깐 뜬 셈이지
하마터면,
소가 중심을 잃고
쓰러질 뻔한 것이지

* 나주 들판 전남 나주 지방의 들판.

시 읽고 대화하기

은유 : 제목을 보니까 '소가 웃을 일'이라는 말이 생각나.

명석 : 나는 들어 본 적이 없는데, 어떤 때 그런 말을 쓰지?

은유 : 소는 무표정하잖아. 그런 소가 웃을 정도로 어처구니없는 일이 벌어졌을 때 써.

명석 : 시에서 정말 어처구니없는 일이 벌어져. 이게 가능한 일일까? 소가 웃을 리도 없지만, 꽃이 소를 간질인다고 느낌이라도 있겠어?

은유 : 그런데 시인은 "정말"이라고까지 말해. 구체적인 지명도 나오잖아.

명석 : 그건 사실인양 꾸며낸 표현일 뿐이야.

은유 : 그렇지만 그런 식으로 몰아붙이는 게 시를 감상하는 데 도움이 될까?

명석 : 도움은 모르겠지만, 나처럼 생각하는 것은 당연해.

김샘 : 명석이처럼 시의 내용을 따져 보는 것은 필요해요. 그래야 상상의 세계를 왜 실제 일어나는 일처럼 표현하는지 의문을 가져 볼 수 있으니까요.

명석 : 은유야, 들었지. 시인의 이야기를 무턱대고 받아들이지 않는 데서부터 감상은 시작되는 거야.

은유 : 좋아. 그럼 시인은 왜 불가능한 일을 가능한 것처럼 말하는 걸까?

명석 : 재미있는 상황을 만들기 위해서야. "피는 꽃이 소를 살짝 들어 올"리는 것은 만화 영화에서나 볼 수 있는 장면이지.

은유 : "소가 꽃 위에 잠깐 뜬" 것은 소가 공중 부양하는 거야.

명석 : 그러다가 중심을 잃어 큰 덩치가 쓰러질 뻔했는데 다행히 그 꼴은 당하지 않았어.

은유 : 어떻든 이 시는 재미로 시작해서 재미로 끝나.

명석 : 표정 없고 덩치만 큰 소가 꽃에게 당하니 재미있는 거지.

은유 : 〈톰과 제리〉라는 만화 영화가 생각나. 쥐가 고양이한테 당해야 당연한데, 거꾸로 쥐가 고양이를 골려 주는 상황이 벌어지니까 더욱 재미있잖아.

명석 : 고양이가 쥐에게 당할 때는 통쾌한 느낌도 들어.

김샘 : 재미 안에 담겨 있는 의미도 생각해 봐요. 〈톰과 제리〉가 주는 재미에는 힘 있다고 힘없는 것을 함부로 괴롭히지 말라는 뜻이 담겨 있기도 하죠.

명석 : 음……. 이 시는 들꽃의 존재감을 말하고 있어요. 들꽃은 작고 화려하지 않아서 보잘것없게 보이지만 소를 웃기고 소의 다리를 들어 올리는 것으로 자신의 존재를 드러내요.

은유 : 그럼, 나는 소의 입장에서 볼래. 무표정하고 둔한 소도 감정이 있다는 거야. 앙증맞은 들꽃을 보면 간지럼 타고 웃을 줄 안다고 말하고 있지.

십오 촉

최 종 천 2002년

익을 대로 익은 홍시 한 알의 밝기는
오 촉*은 족히 될 것이다 그런데,
내 담장을 넘어와 바라볼 때마다
침을 삼키게 하는, 그러나 남의 것이어서
따 먹지 못하는 홍시는
십오 촉은 될 것이다
따 먹고 싶은 유혹과
따 먹어서는 안 된다는 금기*가
마찰하고 있는 발열 상태의 필라멘트*
이백이십짜리 전구*를 백십에 꽂아 놓은 듯
이 겨울이 다 가도록 떨어지지 않는
십오 촉의 긴장이 홍시를 켜 놓았다
그걸 따 먹고 싶은
홍시 같은 꼬마들의 얼굴도 켜져 있다

* 촉 촉광. 예전에 쓰이던 밝기의 단위. 지금은 칸델라candela가 쓰임. 보통 가정에서 쓰는 60와트 전구를 60촉 전구라 함.
* 금기 해서는 안 될 일이나 피해야 할 것.
* 필라멘트 백열전구에서 빛을 내는 부분. 가는 텅스텐 선을 코일 모양으로 감아서 만듦.
* 전구 동그란 투명 유리로 된 알전등을 말함.

시 읽고 대화하기

명석 : 이 시를 읽으니, 이런 그림이 생각나. 담장을 넘어온 홍시를 쳐다보는 꼬마 세 명이 있고 감나무 주인집에선 할아버지가 노려보는 그림.

은유 : 상황이 재미있어. 같은 홍시를 쳐다보는 꼬마와 할아버지의 표정이 어떻게 다를까?

명석 : 아마 꼬마들은 먹고 싶어서 입이 벌어졌을 테고, 할아버지는 입을 꽉 다문 채 눈에 불을 켤 거야.

은유 : 시에서는 꼬마들의 표정을 전기가 켜지는 것으로 표현해. 마지막 행 "홍시 같은 꼬마들의 얼굴도 켜져 있다"로 알 수 있지.

명석 : 이 시에서는 전기와 관련된 낱말이 많이 쓰여서 특이해.

은유 : 그것은 홍시의 빛깔을 전구의 밝기에 비유하기 때문이야. 홍시와 전구는 모양만이 아니고 빛깔도 비슷해.

명석 : 잘 익은 홍시를 "오 촉"짜리 전구에, 따 먹지 못하는 홍시를 "십오 촉"짜리 전구에 비유했는데, '오 촉'과 '십오 촉'은 밝기에서 어느 정도 차이가 날까?

은유 : 과학을 좋아하는 네가 모르면 누가 알겠니?

명석 : "오 촉", "십오 촉"은 낯선 말이어서······.

김샘 : 가정에서 보통 쓰는 알전등이 '육십 촉'(60와트)이에요. '오 촉'은 주변을 밝히지 못하고 필라멘트가 빛만 내는 정도고, '십오 촉'은 희미하게나마 주변을 밝히는 정도죠.

56

명석 : "오 촉"이 "십오 촉"짜리 홍시로 변하는 이유를 알겠어요. 홍시를 먹고 싶은데 따 먹지 못하자 안달이 났기 때문이에요.

은유 : 따 먹고 싶은 마음과 그래선 안 된다는 마음 사이에서 갈등하는 모습을 문학적으로 표현한 게 재미있어.

명석 : 이럴 때 나는 마음이 쿵쿵하는 느낌이 드는데, 너는 어떠니?

은유 : 나도 그래. 시인은 그 마음을 "발열 상태의 필라멘트"에 비유해서 시각적으로 보여 줘.

명석 : 이것은 '+'와 '−' 전류가 만나서 필라멘트가 빛을 낸다고 생각하면 돼. '+' 전류는 유혹이고, '−' 전류는 금기지.

은유 : 과학 지식을 동원해서 이해하니 멋진걸! 그럼 10행에서처럼 "이백이십짜리 전구를 백십에 꽂아 놓"으면 어떻게 될까?

명석 : 글쎄, "십오 촉"이라는 말이 나오는 것으로 보아 빛이 희미하게 나올 것 같은데…….

김샘 : 실제 이백이십 볼트용 전구를 그보다 전압이 낮은 백십 볼트에 꽂으면 제 빛을 내지 못하고 희미하게 빛이 나와요. 그럼, 이 시를 읽은 느낌이 어떤가요?

은유 : 전에 아빠가 사 주신 책 『마시멜로 이야기』의 한 장면이 생각나요. 그 책 역시 마시멜로를 두고 아이들이 규정을 지키느냐 어기느냐 갈등하는 것이죠.

명석 : 너는 독서 지식을 동원하는구나! 나는 "십오 촉"의 홍시가 컴퓨터 게임으로 보여. 게임을 하고 싶은데 그러지 못할 때 머릿속은 온통 게임으로 가득 차거든.

돌담에 속삭이는 햇발

김 영 랑 1930년

돌담에 속삭이는 햇발같이
풀 아래 웃음 짓는 샘물같이
내 마음 고요히 고운 봄 길 위에
오늘 하루 하늘을 우러르고 싶다

새악시* 볼에 떠오는 부끄럼같이
시의 가슴에 살포시 젖는 물결같이
보드레한* 에메랄드* 얇게 흐르는
실비단 하늘을 바라보고 싶다

* 새악시 새색시의 사투리.
* 보드레한 보드라운.
* 에메랄드 짙은 녹색을 띠는 보석의 일종.

시 읽고
대화하기

명석 : 시가 쉽게 와 닿지 않아.

은유 : 시를 감상할 때는 그림으로 그려 보라고 했는데 그렇게 해 보자.

명석 : 그렇지만 "돌담에 속삭이는 햇발"이나 "하늘을 우러르"는 모습을 그려 보아도 별다른 느낌이 생기지 않아.

은유 : 그 이유는 이 시가 오래전인 1930년에 지어져서 우리의 감각하고는 맞지 않기 때문인 것 같아.

명석 : 오래전 시라고 반드시 그렇다고 할 수는 없어. 시 「말 1」도 비슷한 시기에 지어졌지만 재미있게 감상했잖아.

은유 : 그런데 이 시는 느낌이 쉽게 와 닿지는 않지만, 부드럽게 술술 읽히지 않니?

명석 : 그래. 1연과 2연의 1, 2행이 모두 "햇발같이", "샘물같이", "부끄럼같이", "물결같이"로 '~같이'가 반복되고 있어. 그래서 부드럽게 넘어가나 봐.

은유 : 반복이 더 있어. 1연과 2연의 마지막 행에서도 "하늘을 우러르고 싶다", "하늘을 바라보고 싶다"로 '~고 싶다'를 반복해. 그러니까 부드러운 운율이 느껴져.

김샘 : 이 시가 부드럽게 읽히는 이유는 반복 외에도 두 가지 이유가 더 있어요. 울림소리[*]와 3음보[*] 율격 때문이에요. 울림소리가 많이 쓰이면 시에 부드럽고 밝은 느낌이 생겨요. '돌담, 햇발,

풀 아래, 샘물, 부끄럼, 물결' 등에서 알 수 있죠. 그리고 각 행을 낭독해 보면 자연스럽게 세 번씩 쉬어 읽음(휴지)을 반복해요. 행마다 3음보가 반복되는데 이러한 운율*을 3음보 율격이라고 말해요. 한번 소리 내어 3음보로 낭독해 봐요.

명석, 은유 : 돌담에 / 속삭이는 / 햇발같이 //

　　　　풀 아래 / 웃음 짓는 / 샘물같이 //

　　　　내 마음 / 고요히 / 고운 봄 길 위에 //

　　　　오늘 하루 / 하늘을 / 우러르고 싶다 //

명석 : 이 시의 표현 특징은 이렇게 정리할 수 있겠어. 같은 소리의 반복, 울림소리의 사용, 3음보 율격. 어때, 내가 정리는 잘하지?

은유 : 어쭈, 표현 특징이란 말까지 사용하고. 정리 박사 인정해. 정리 박사님! 1, 2연의 마지막에 같은 내용 "하늘을 우러르고(바라보고) 싶다"가 반복되는데 단지 운율 때문인가요?

명석 : 두 번 말하는 걸 보면 뭔가 중요한 의미가 있는 것 같아. 그런데 그 의미가 쉽게 파악되지 않아.

은유 : 여기에서는 '하늘'이 가장 중요한 시어가 아닐까? '하늘'

---

* 울림소리　울림소리는 목소리를 낼 때 목청의 울림이 있는 모음 전체와 자음 가운데 'ㄴ, ㄹ, ㅁ, ㅇ'을 말하는데 이런 소리가 쓰인 낱말은 경쾌하고 부드럽고 밝은 느낌을 준다. 유성음이라고도 한다.

* 음보(율)　음보는 한 행을 읽을 때 휴지에 의해 구별되는 음의 마디 단위를 말한다. 음보율은 음보가 규칙적으로 반복되면서 생겨나는 운율을 음보율이라고 한다. 음보 수에 따라 보통 2음보, 3음보, 4음보 율격으로 나뉜다. 시를 낭독할 때 각각의 음보는 똑같은 시간적 길이로 이어진다. 따라서 '고운 봄 길 위에'는 '고요히'보다 글자 수가 두 배 정도 많아 똑같은 시간에 낭독하기 위해서는 두 배 정도 빠르게 읽어야 한다.

* 운율　운율은 시어나 글자 수, 문장 구조, 또는 음보의 규칙적인 반복과 배열에서 생겨나는 시의 음악성을 말한다. 리듬, 가락이라는 말과 같은 뜻으로 쓰인다.

이 함축하는 의미를 생각해 보자.

명석 : 아마 화자에게 답답한 일이 있었던 것 같아. 시원한 '하늘'을 보며 답답함에서 벗어나고 싶은 거야.

은유 : 그래. 답답한 일이 겨울에 있었나 봐. 1연 3행의 "고운 봄길"이란 표현에서 알 수 있어.

명석 : 그런데 2연 2행의 "시의 가슴"은 무엇을 말하는 거지?

은유 : '시'라고만 해도 어려운데 '시의 가슴'이라니⋯⋯. 그래도 하나하나 따져 보자.

명석 : '시'라는 낱말이 나오는 것으로 보아 시의 화자는 시를 좋아하거나 시를 쓰는 사람일 거야.

은유 : 가슴은 인체에서도 중심부이니까 소중한 것을 뜻하겠지. 그렇다면 '시의 가슴'이란 시를 읽거나 쓰는 소중한 일을 의미할 거야.

명석 : 내가 이 시의 내용을 정리해 볼게. 시의 화자는 봄을 맞아 답답한 일에서 벗어나 시를 읽거나 쓰는 소중한 일을 하고 싶은 마음을 노래했어.

은유 : 역시 정리 박사님이셔.

김샘 : 일반적으로 이 시는 "하늘"을 '순수하고 깨끗한 세계'로, "시의 가슴"을 '순수함'으로 이해하죠. 그래서 이 시는 순수한 세계를 동경하는 마음을 노래한 것으로 봐요. 그런데 "하늘"을 '시원함'으로, "시의 가슴"을 '시를 읽고 쓰는 소중한 일'로 파악하는 것이 새롭네요. 잘 감상했어요. 여러분처럼 시를 스스로 이해하는 자세는 아주 바람직해요.

하늘

박 두 진 1949년

하늘이 내게로 온다.
여릿여릿*
머얼리서 온다.

하늘은, 머얼리서 오는 하늘은,
호수처럼 푸르다.
호수처럼 푸른 하늘에,
내가 안긴다. 온몸이 안긴다.

가슴으로, 가슴으로,
스미어드는 하늘,
향기로운 하늘의 호흡.

따가운 볕,
초가을 햇볕으론
목을 씻고,

나는 하늘을 마신다.
자꾸 목말라 마신다.

마시는 하늘에

내가 익는다.

능금*처럼 내 마음이 익는다.

* 여릿여릿 매우 부드러운 모양.
* 능금 능금나무의 열매. 사과와 모양이나 색깔이 비슷하지만 크기가 작음.

63

시 읽고 대화하기

은유 : 시의 화자는 누워서 하늘을 보고 있나 봐.

명석 : 그래. 나도 누워서 하늘을 본 적이 있는데, 하늘이 내게로 다가오기보다 오히려 내가 하늘로 빨려 들어가는 느낌이던데.

은유 : 하늘로 빨려 든다고 하니까 느낌이 더 강한걸. 어쨌든 하늘과 내가 하나 되는 느낌을 노래하고 있어.

명석 : 그래. 이 시는 그 느낌을 아주 다양하게 표현해. 2연에서는 "온몸이 안긴다"고 말해.

은유 : 3연에서는 "가슴으로, / 스미어드는 하늘"이라고 말하고, 4연에서는 "초가을 햇볕으론 / 목을 씻"는다고 말해.

명석 : 느낌을 이렇게 다양하게 표현하는데, 어떤 차이가 있지?

은유 : 글쎄?

김샘 : 느낌이 점점 강해지고 있어요. 하늘을 느끼는 부분이 '몸'에서 '가슴'으로, 다시 '목'으로 좁아지죠. 이것은 느낌이 더 강하게 전달됨을 나타내는 거예요. 이와 같이 의미를 점점 강하게 나타내는 표현법을 점층법 또는 점강법이라고 해요.

은유 : 그러고 보니 5연과 6연에서도 의미가 점점 강해져요. "나는 하늘을 마"시고, "마시는 하늘에" "마음이 익"어 가요.

명석 : 하늘을 마신다는 것은 공기를 호흡한다는 것이겠지. 그런데 "마음이 익는다"는 것은 무슨 뜻이지?

은유 : 마음이 풍족해지는 것을 말하는 게 아닐까? 가을이 되어

능금 열매가 익은 모습을 보면 풍족해지잖아.

명석 : 그럼, 마음이 풍족해지면 어떻게 되는데?

은유 : 하늘처럼 마음이 넓어진다는 뜻일 거야. 동생이 대들어도 다 받아들일 수 있는 거지. 이런 걸 성숙해진다고 말하지.

명석 : 그렇게 이해하면 되겠네. 그런데 왜 "능금처럼"이라고 표현하지? 하늘은 푸른색이니까 빨간색인 능금은 어울리지 않잖아.

은유 : 야, 날카로운데! 파란색 과일이 없기 때문이 아닐까?

명석 : 포도가 있잖아. "포도처럼 내 마음이 익는다"고 하면 표현도 멋질 것 같은데.

김샘 : 이것에는 두 가지 이유가 있어요. 하나는 마음을 색깔로 나타내면 보통 빨간색으로 표현하죠. 트럼프 패 가운데 붉은색 심장 모양의 하트 무늬가 있듯이 말이에요. 또 하나는 빨간색과 푸른색을 대비하여 마음의 모습을 선명하게 나타내려는 것이에요. 이 시를 앞에서 읽은 「돌담에 속삭이는 햇발」과 비교해서 생각해 봐요. 두 시는 다 '하늘'이 중요한 시어죠.

명석 : 「돌담에 속삭이는 햇발」이 하늘을 보며 답답한 일에서 벗어나고 싶은 마음을 노래했다면, 이 시는 하늘을 보며 하늘과 하나가 되고 싶은 마음을 노래한 것 아닐까요?

은유 : 이 시는 꼭 「돌담에 속삭이는 햇발」의 후속편 같아.

은유의 시 노트

이 시는 하늘에 빠져드는 과정을 여러 감각으로 나타낸다. 시각에서 시작하여 촉각으로, 후각으로, 다시 미각으로 빠져든다. 맨 마지막에 "내 마음이 익는다"는 것은 감각과는 다른 정신적 결합이다.

흔들리며 피는 꽃

도 종 환 1994년

흔들리지 않고 피는 꽃이 어디 있으랴
이 세상 그 어떤 아름다운 꽃들도
다 흔들리면서 피었나니
흔들리면서 줄기를 곧게 세웠나니
흔들리지 않고 가는 사랑이 어디 있으랴

젖지 않고 피는 꽃이 어디 있으랴
이 세상 그 어떤 빛나는 꽃들도
다 젖으며 젖으며 피었나니
바람과 비에 젖으며 꽃잎 따뜻하게 피웠나니
젖지 않고 가는 삶이 어디 있으랴

시 읽고 대화하기

명석 : 왜 '꽃'이 흔들리면서 핀다고 하지? 베란다에 있는 꽃은 흔들리지 않고도 잘 피어나던데.

은유 : 너는 또 시를 과학적으로 해석하는 병이 도지는 모양이구나? 여기서 시인은 베란다가 아니고 길가나 들에 피어 있는 꽃을 보는 거야. 그 꽃들은 조그만 바람에도 잘 흔들리지.

명석 : 첫 행 "흔들리지 않고 피는 꽃이 어디 있으랴"의 뜻은 흔들려야 꽃이 핀다는 거야. 그런데 베란다든 들이든 사실 '꽃이 피는 것'과 '흔들리는 것'은 관련이 없잖아.

은유 : 글쎄, 과학 현상으로만 따지면 시를 감상할 수 없을 텐데. 시인은 들에 피어 흔들리는 꽃을 보며 '저 흔들림에는 어떤 의미가 있을까?' 하고 생각하는 거잖아.

명석 : 그럼 꽃이 흔들리는 것을 보며 어떤 의미를 생각하는 거야?

은유 : 사랑을 생각해. 1연 마지막 행을 보면 알 수 있어. "흔들리지 않고 가는 사랑이 어디 있으랴" 하고 묻잖아.

명석 : 꽃을 통해 사랑을 이야기한다는 거지? 그런데 이 표현은 설의법*이잖아. 그렇다면 '사랑은 흔들린다'는 건데, 이것은 무엇을 의미하지?

---

* 설의법 의문문의 형식을 통하여 결론을 유도하는 표현 수사법을 말한다. 물음 속에 이미 그 답이 들어 있다. 형식은 의문문이지만 내용은 오히려 감탄문에 가깝다고 할 수 있다.

은유 : 음……. 연인이 서로 헤어진다는 건가?

김샘 : 강연에서 들은 적이 있는데, 시인이 코스모스처럼 꽃대가 길게 올라온 꽃이 길가에서 흔들리는 것을 살펴보다가 이 시를 쓰게 되었다고 해요. 여기서 '사랑'을 연인의 사랑으로만 보지 말고 친구의 우정, 부모 자식 간의 사랑으로 생각하면 좋겠어요. 서로 사랑하지만 거기에는 갈등이 있고 그로 인해 미움이 생기기도 하죠. 하지만 그런 갈등을 거치면서 사랑은 더 깊고 단단해져요.

명석 : 맞아요. 우리 부모님을 봐도 알 수 있어요. 사랑해서 결혼했다고 하는데 다툴 때도 있으니 말이에요.

은유 : 나는 미운 감정이 들면 계속 미워지던데, 시인은 그렇지 않은가 봐. 시인은 갈등을 긍정적으로 보고 있어.

명석 : 이제 2연을 보자. 2연은 꽃을 통해 삶을 이야기해. 꽃이 "바람과 비에 젖"는다는 것은 삶이 어렵다는 거야.

은유 : 2연 2행의 "빛나는 꽃들"이란 어떤 삶일까?

명석 : 화려한 삶, 출세해서 성공한 삶을 말하는 것이 아닐까?

은유 : 그렇다면 어렵게 살아야 성공할 수 있다고 말하는 건가?

김샘 : "빛나는 꽃"이 말하는 삶이란 가치 있는 삶을 말한다고 봐요. 성공과 실패로 판가름하는 삶과는 다르죠. 예를 들면, 평생을 힘들여 모은 재산을 장학금으로 기부하는 할머니와 같은 삶일 수도 있고, 자식을 바르게 키우기 위해 애쓰는 부모님의 삶일 수도 있어요.

명석 : 갈등과 어려움을 이겨 낼 때 사랑과 삶은 가치가 있다는 걸 말하는 거네요.

은유 : 나는 다른 면이 더 가슴에 와 닿아. 이 시는 힘든 일에 부닥친 사람에게 용기를 내라고 말하고 있기도 해.

김샘 : 그래요, 모두 좋아요. 한편, 이 시는 부드럽게 읽히는데 그 이유도 생각해 봐요.

명석 : 부드럽게 읽히는 것은 1연과 2연 모두 1, 3, 5행 끝에 '~있으랴, ~ 피었나니, ~ 있으랴'를 똑같이 반복하기 때문이에요.

은유 : 그러고 보니 앞에서 본 「돌담에 속삭이는 햇발」과 비슷한 형식이네.

명석의 시 노트

친구와 사이가 틀어져서 힘들 때나 시험을 못 봐서 자신감이 없을 때, 이 시를 생각하면 좋겠다. 그런 때를 생각하며 모방 시를 지어 봤다.

싸우지 않고 두터워지는 우정이 어디 있으랴

이 세상 그 어떤 아름다운 친구들도

다 싸우면서 좋아졌나니

싸우면서 우정을 두텁게 만들었나니

싸우지 않고 이루어지는 우정이 어디 있으랴

떨어지지 않고 올라가는 성적이 어디 있으랴

이 세상 그 어떤 빛나는 올백들도

다 떨어지며 떨어지며 올라갔나니

절망과 욕에 젖으며 성적을 보기 좋게 올렸나니

떨어지지 않고 올라가는 성적이 어디 있으랴

떨어져도 튀는 공처럼

정현종 1978년

그래 살아 봐야지
너도 나도 공이 되어
떨어져도 튀는 공이 되어

살아 봐야지
쓰러지는 법이 없는 둥근
공처럼, 탄력의 나라의
왕자처럼

가볍게 떠 올라야지
곧 움직일 준비 되어 있는 꼴
둥근 공이 되어

옳지 최선의 꼴
지금의 네 모습처럼
떨어져도 튀어 오르는 공
쓰러지는 법이 없는 공이 되어.

은유 : 첫 행 "그래 살아 봐야지"는 포기할 수 없다는 거지?

명석 : 그래, 시의 화자는 어려운 처지에 빠졌지만 그래도 살아 보겠다고 결정한 거야.

은유 : 그 마음을 공에 빗대어 말해. 그것도 "떨어져도 튀는 공"이야. 포기하지 않는 마음은 떨어져도 튀는 공과 비슷해. 이런 표현 방식을 은유*라고 해

명석 : 네 이름과 같으니까 잘 아는구나. 이 공은 바람 빠진 공이 아니고 탱탱한 공이라 하겠어.

은유 : 마음이 구겨지지 않고 탱탱하게 부풀어 오르는 거지.

명석 : 탱탱한 공은 바닥에서 공중으로 튀어 오르잖아. 그럼 마음은 어디에서 어디로 튀어 오르는 걸까?

은유 : '포기에서 희망으로'라고 할 수 있지 않을까?

명석 : 그래! 시의 화자가 두 손 두 팔을 활짝 펴며 점프하는 모습을 생각하면 되겠어.

김샘 : 여기서 1연 2행의 "너도 나도 공이 되어"라는 표현을 좀

---

* 은유 표현하려는 대상이나 관념을 다른 대상으로 간접적으로 빗대어 말하는 표현법이다. 이에 비해 직유는 '~같이, ~처럼, ~듯이, ~인 양' 등의 연결어를 사용하여 두 대상 사이의 유사성을 직접적으로 드러내는 표현법이다. "쓰러지는 법이 없는 둥근 공처럼, 탄력의 나라의 왕자처럼'이 이에 해당된다.

더 생각해 봐요. "너도 나도"에서 어려운 처지가 시의 화자 혼자만의 일이 아니고, 주변의 여러 사람이 공통으로 겪는 일이라는 걸 알 수 있어요.

은유 : 그럼 이 시는 같은 처지의 동료들에게 포기하지 말고 희망을 갖자고 말하는 거네요.

명석 : 서로가 협력해서 어려움에서 벗어나자는 거야.

은유 : 명석아, "탄력의 나라의 왕자"라는 표현이 재밌지 않니? 동화에 나오는 표현 같아.

명석 : "탄력의 나라"란 어려움이 없는 행복한 나라라는 건가?

은유 : 아니, 어려움이 없는 나라가 아니라 어려움에도 굴복하지 않는 나라라고 해야 맞겠지.

명석 : 그렇네. 그런데 어떻게 하면 굴복하지 않고 희망을 가질 수 있지?

은유 : 글쎄, 이 시에서는 표현되지 않은 것 같은데. 그냥 결심하면 되지 않을까?

명석 : 그건 누구나 할 수 있는 말이잖아. 시에서 표현된 것이 정말 아무것도 없을까?

김샘 : 명석이가 제기한 문제의 답은 "탄력의 나라의 왕자"라는 표현에서 알 수 있어요. '왕자'라는 시어에는 자신을 존중하는 마음이 담겨 있어요. 자존심이라고 할 수 있죠.

명석 : 포기하지 않고 희망을 갖게 하는 힘은 자존심이라는 거네요.

은유 : 맞아! 자존심 있는 사람은 쉽게 포기하거나 굴복하지 않아.

명석 : 시의 화자는 일종의 '왕자병'에 걸려 있다고 봐.

은유 : 그럼 시의 화자가 자기밖에 모른다는 거니? 주변 동료들에게 희망을 가지라고 말하고 있잖아.

명석 : 내가 말하는 것은 자존심을 지킬 줄 아는 '건전한 왕자병'이라는 뜻이야.

은유 : '왕자병'에 대한 새로운 해석이구나. 3연의 "곧 움직일 준비 되어 있는 꼴", 4연의 "최선의 꼴"이란 자존심으로 똘똘 뭉친 모습이겠어.

명석 : 그렇지. 시의 화자는 어려운 처지에 빠져 자신이 볼품없게 되었더라도 마음속에 왕자와 같은 자존심을 갖고 살아가면 어려움을 극복할 수 있다고 말하고 있어.

은유의 시 노트

이 시를 읽고 나니 팔다리가 없는 장애인 '닉 부이치치'가 생각난다. 그가 쓰러져서 머리를 이용해 일어서며 이렇게 말할 때는 가슴이 뭉클했다. "길을 가다 보면 넘어질 수도 있어요. 이렇게 넘어지면 어떻게 하죠? 여러분이 알다시피 다시 일어나야죠. 왜냐하면 이렇게 넘어진 상태로는 아무 곳에도 갈 수 없으니까요."

엄마 걱정

기 형 도 1989년

열무* 삼십 단을 이고
시장에 간 우리 엄마
안 오시네, 해는 시든 지 오래
나는 찬밥처럼 방에 담겨
아무리 천천히 숙제를 해도
엄마 안 오시네, 배추 잎 같은 발소리 타박타박*
안 들리네, 어둡고 무서워
금 간 창 틈으로 고요히 빗소리
빈방에 혼자 엎드려 훌쩍거리던

아주 먼 옛날
지금도 내 눈시울을 뜨겁게 하는
그 시절, 내 유년*의 윗목*

* 열무 어린 무.
* 타박타박 힘없는 걸음으로 느릿느릿 걸어가는 모양.
* 유년 어린 시절.
* 윗목 온돌방에서 아궁이에서 먼 쪽. 아랫목의 반대임.

은유 : 시의 화자가 어린이야, 어른이야?

명석 : 어린이가 엄마를 걱정하는 이야기니까 화자는 어린이야.

은유 : 음, 제목이나 1연에서는 어린이 같은데, 2연을 보면 어른임을 알 수 있어. 2연 마지막에 "그 시절, 내 유년"이란 표현이 있으니까.

명석 : 그럼 이 시는 어른인 화자가 어린 시절의 일을 추억하는 거구나.

은유 : 시의 화자는 어린 시절이 힘겨웠어. 1연에 보면 힘들게 사는 장면이 나와.

명석 : 엄마는 시장에서 무나 배추를 파는 일을 해. 아빠는 무슨 일을 하는지 알 수 없지만 경제적으로 어려운 거야.

은유 : 경제적으로 어려운 상황이 1연 8행 "금 간 창 틈"이란 표현에 시각적으로 잘 나타나 있어. 창에 금이 갔지만 그걸 수리할 여력도 없는 거지.

명석 : 엄마는 무와 배추를 조금이라도 더 팔기 위해 늦게까지 시장에 있는 것이고, 시의 화자는 어두워 가는 방에 혼자 남게 돼.

은유 : 어릴 때는 집에 혼자 있으면 낮에도 무서움을 느끼는데, 날은 어두워지고 비까지 내리는 상황이야.

명석 : 엄마와 단둘이 살고 있는 건가? 아니면 나머지 가족은 마침 전부 밖에 나가 있는 건가?

은유 : 그것까진 알 수 없지만, 시의 화자는 그때의 무서움이 컸던 것 같아. 어른이 되고 나서도 생각하거든.

명석 : 무서움을 잊어 보려고 천천히 숙제를 하는 모습을 상상하니 마음이 슬퍼. 숙제는 귀찮아서 대충하거나 빨리 끝내려고 하는데 말이야.

은유 : 그렇게 생각하니 마음이 더 슬퍼져. 명석아, 1연 3행의 "해는 시든 지"라는 표현이 이상하지 않니? 보통 '해는 저문다'고 하잖아.

명석 : 뭔가 새롭게 보이려고 그렇게 하는 게 아닐까?

은유 : 글쎄?

김샘 : '시들다'라는 시어는 앞에 나오는 '열무'와 뒤에 나오는 '찬밥'이라는 시어와 연결되면서 독특한 이미지*를 만들어요. '저물다'와 달리 '시들다'는 시각적, 촉각적 느낌이 동시에 일어나면서 외롭고 힘든 시의 화자의 처지를 실감나게 나타내고 있어요.

은유 : 그러고 보면 싱싱하던 열무는 오래되면 말라서 힘이 없어져요. 그리고 밥도 마찬가지고요.

명석 : 시의 화자도 기다리다 지쳐 말라서 힘이 없어졌다는 거지. "배추 잎 같은 발소리 타박타박"도 표현이 특이하지 않니?

은유 : 그래. 엄마의 직업과 잘 어울리는 것 같아. 하루 종일 쉬지 못해서 부어오른 엄마의 발이 떠올라.

명석 : 2연에 "유년의 윗목"이란 무엇을 말하지?

은유 : 나도 모르겠어. 온돌방에 윗목, 아랫목이 있는 것 같은데 이런 말 지금은 잘 쓰지 않잖아?

김샘 : 요즘은 대개 보일러를 쓰니까 방이 골고루 따뜻하죠. 그와

달리 불을 지피던 온돌방은 아궁이와 가까운 아랫목은 따뜻하지만 윗목은 차가워요. "내 유년의 윗목"이라는 표현은 힘들었던 어린 시절이 온돌방으로 치면 윗목과 비슷하다는 것이죠. 그러니까 "유년의 윗목"이란 '유년의 외롭고 힘겨움'을 은유적으로 표현한 거예요. 여기서 어린 시절은 "지금도 내 눈시울을 뜨겁게" 한다고 하는데 왜 그럴까 생각해 봐요.

명석 : 외롭고 힘겨운 어린 시절이었지만 지금은 그것을 극복해 따뜻한 추억으로 떠오르기 때문이에요.

은유 : 그럼 지금은 그런 외로움과 힘겨움이 없다고 보니?

명석 : 그렇지. 지금은 넉넉한 마음으로 어린 시절을 회상하는 거지.

은유 : 나는 어린 시절의 외로움과 힘겨움이 지금도 계속 이어지는 것으로 느껴져. 어린 시절을 회상하면 지금의 힘겨움과 겹쳐지면서 더 슬퍼지는 거지.

김샘 : 그래요. 시의 화자의 마음 상태를 여러 가지로 상상하는 것은 독자의 몫이라고 할 수 있어요. 독자 나름대로 판단의 근거를 갖고 스스로 시를 읽는 태도를 갖추는 것은 아주 중요해요.

* 이미지 : 심상이라고도 한다. '말로 그려진 그림'으로 독자가 시의 표현을 읽으면 마음속에 떠오르는 모습이나 느낌을 말한다. 이미지는 직유나 은유적인 표현은 물론 형용사나 묘사적 구절에 의해 만들어진다. 보통 비유적 이미지와 감각적 이미지로 나뉘는데 다시 감각적 이미지는 시각, 청각, 미각, 촉각, 후각적 이미지로 나뉜다. 「풀잎 2」에서 "푸른 휘파람 소리"는 청각적 이미지를 시각적 이미지로 나타내는 공감각적 이미지의 표현이다.

장

윤동주 1937년

이른 아침 아낙네들은 시들은 생활을
바구니 하나 가득 담아 이고……
업고 지고…… 안고 들고……
모여드오 자꾸 장에 모여드오.

가난한 생활을 골골이 벌여 놓고
밀려가고…… 밀려오고……
저마다 생활을 외치오…… 싸우오.

왼 하루 올망졸망한 생활을
되질*하고 저울질하고 자질하다가
날이 저물어 아낙네들이
쓴 생활과 바꾸어 또 이고 돌아가오.

* 되질 나무 그릇인 되로 곡식의 양을 재는 일.

시 읽고 대화하기

은유 : 이 시에는 구체적인 생활 모습들이 나와.

명석 : 사람들이 장에 모여들어 물건을 사고팔고 하는 것은 전에 한 번 간 적이 있는 오일장의 모습을 떠올리게 해.

은유 : 나도 오일장에 가 본 적이 있는데 옛날에는 물건을 머리에 이거나 등에 지거나 했겠지만 지금은 거의 차에 싣고 다녀.

명석 : 옛날이나 지금이나 물건을 많이 팔려고 외치고 가격을 흥정하는 것은 똑같아.

은유 : 그런데 여기서 '생활'이란 시어를 특이하게 써. '물건'이라는 낱말이 쓰일 곳에 '생활'을 쓰는 것 같아.

명석 : 그래. 생활을 들고 모이고, 생활을 벌여 놓고, 생활을 외치고, 생활을 되질하고 있는 거지. 그런데 물건 대신 생활로 표현해도 뜻이 잘 통해.

은유 : 그뿐만 아니라, "생활"로 표현하니까 물건을 팔려고 애쓰는 아낙네들의 마음이 더 잘 드러나는 것 같아.

명석 : 그것은 아낙네들한테는 물건을 많이 파는 것이 생활의 전부이기 때문일 거야.

은유 : 그리고 생활을 꾸미는 "시들은", "가난한", "올망졸망한", "쓴"이란 말들이 다양하고 재미있어.

명석 : "시들은"이라는 표현을 보니까 앞에서 본 「엄마 걱정」에서 "해는 시든 지 오래"라는 표현이 생각나. 장에 물건을 팔러 오지

만 생활은 힘겹다는 거겠지.

은유 : 마지막 행 "쓴 생활과 바꾸어"는 이미 사용한 물건과 바꾸어 간다는 것인데, 왜 쓰던 물건과 바꾸어 가지?

명석 : 그러게 말이야. 혹시 이런 뜻이 아닐까? 팔지 못한 물건을 그냥 가져가느니 쓰던 물건이지만 쓸모 있는 것으로 물물교환이라도 하는 거지.

김샘 : 여기서 '쓴'을 '사용하다'로 이해해서 명석의 말처럼 쓰던 물건과 교환해서 가는 상황으로 이해할 수 있어요. 그와 함께 '쓴'을 '쓴맛'의 뜻으로 이해할 수도 있어요.

은유 : 그럼 물건이 팔리지 않아 쓰디쓴, 곧 힘겨운 생활이라고 이해할 수 있겠네요.

명석 : 그래도 나는 물물교환으로 이해해야 옛날의 시장 모습이 잘 떠오르는 것 같아.

은유 : 나는 힘겨운 생활로 이해할 때 힘든 처지가 잘 드러난다고 생각해.

김샘 : 시는 읽는 이의 상황이나 감정에 따라 다르게 보이기도 해요. 그건 시를 읽는 묘미이기도 하죠. 이 시와 함께 읽으면 좋은 시를 하나 소개할게요. 아래 시는 윤동주의 「슬픈 족속」(1938)이에요. 이 시는 일제 강점기에 고통스럽게 살아가는 우리 민족의 처지와 그것을 극복하려는 의지를 간명하게 나타냈어요.

　　흰 수건이 검은 머리를 두르고
　　흰 고무신이 거친 발에 걸리우다.

　　흰 저고리 치마가 슬픈 몸집을 가리고

흰 띠가 가는 허리를 질끈 동이다.

은유 : 우리 민족은 오래전부터 흰옷을 즐겨 입었다고 하지. 아마 「장」에 나오는 아낙네들도 장에 오고 가고 할 때 이런 모습이었을 것 같아.

명석 : 흰 수건에, 흰 고무신, 흰 저고리를 입은 모습을 상상하며 「장」을 읽어 보니 아낙네들의 모습이 더 실감 나게 다가와.

은유 : 그러고 보니까 「장」을 「엄마 걱정」과도 연결해서 읽을 수 있겠어.

명석 : 그래, 「엄마 걱정」의 엄마가 하는 일이 이 시에 나와.

명석의 시 노트

이 시에서 사람들은 생활은 힘들지만 쉬지 않고 바쁘게 살아간다는 느낌을 준다. 그것은 '이고, 지고, 들고, 놓고, 가고, 오고, 하고'와 같이 '~고'로 끝나는 표현이 반복되기 때문인 것 같다. 힘들지만 바쁘게 살아가는 데서 힘이 생기기도 할 것이다.

장편[*] 2

김 종 삼 1977년

조선 총독부가 있을 때
청계천[*]변 10전 균일 상[*] 밥집 문턱엔
거지 소녀가 거지 장님 어버이를
이끌고 와 서 있었다
주인 영감이 소리를 질렀으나
태연하였다
어린 소녀는 어버이의 생일이라고
10전짜리 두 개를 보였다.

---

* 장편掌篇 극히 짧은 작품. 보통 소설에서 단편 소설보다 작은 분량의 작품을
말함.
* 청계천 서울의 종로구와 중구 사이를 흐르는 하천.
* 균일 상 가격이 균일한 식사.

시 읽고 대화하기

명석 : 시대 배경이 일제 강점기야. '조선 총독부'라는 단어를 보면 알 수 있어.

은유 : 그때는 화폐 단위가 '원'이 아니고 '전'이었던 모양이지?

명석 : 그런데 2행의 "10전 균일 상 밥집"이 뭐야?

은유 : 식사 값이 10전으로 똑같은 식당을 말하는 거겠지.

명석 : 10전은 지금 돈으로 치면 어느 정도일까?

은유 : 글쎄? 식사 한 끼 값이면 오천 원에서 만 원 정도가 아닐까?

김샘 : 당시는 식당에서 밥을 먹는 것이 일반화되지 않은 시절이에요. 요즘과 같은 식사 값이라고 할 수는 없지요. 10전이라면 지금 돈으로 몇만 원 정도 되지 않을까 생각해요.

명석 : 그럼 꽤 큰돈이네요. 거지 소녀가 10전 두 개를 모았다는 것은 대단한 일이에요.

은유 : 부모님의 생일에 맛있는 식사를 대접하고 싶어 동냥질을 하면서도 돈을 열심히 모은 거야.

명석 : 어쨌든 시인은 어느 날 식당에서 밥을 먹고 있다가 거기에서 본 거지 소녀 이야기를 하고 있어.

은유 : 거지 소녀는 식당 입구에 장님인 부모님을 모시고 주인이 가라고 하지만 태연히 서 있었고.

명석 : 시인은 밥을 먹으면서도 마음이 좋지 않았을 것 같아.

은유 : 왜? 거지를 보았기 때문에?

명석 : 뭐? 나를 그렇게 감정 없는 사람으로 보다니!

은유 : 그럼 주인 영감이 소리를 지르는 것 때문이니?

명석 : 그것도 아니야! 주인 영감이 인심이 없긴 하지만 조금은 이해가 돼. 자주 동냥질하러 오면 장사에 지장이 있으니까.

은유 : 그럼 뭐야? 시인이 왜 마음이 좋지 않았을 거라는 거야?

명석 : 뭐냐면, 거지 소녀가 태연하기 때문이지.

은유 : 그게 이유야? 부모님 생일에 밥값을 마련해 왔으니 태연한 거잖아. 소녀를 보고서는 오히려 감동을 받아 흐뭇했을 것 같은데.

명석 : 시인의 마음이 좋지 않은 것은 미안하기 때문이야. 거지 소녀는 부모님 생일을 챙기느라 고생하는데, 시인은 편안히 밥을 먹고 있어 미안함을 느꼈을 것이라는 거지.

은유 : 그럼, 마음이 한편으론 흐뭇하고 다른 한편으론 미안하다고 할 수 있겠네.

김샘 : 그래요. 흐뭇하면서도 미안한 마음을 동시에 느꼈을 거예요. 이 시는 1977년에 발표되었으니 해방되고 나서 33년이 지나서죠. 흐뭇함과 미안함이 오랜 세월 시인의 마음 깊숙이 남아 있었던 거예요.

명석 : 그렇다면 마음속에만 있던 거지 소녀의 모습이 40년 가까이나 흐른 뒤 시로 표현된 것이네요.

은유 : 흐뭇함과 미안함이 아주 강하게 남아 있었기 때문일 거야.

김샘 : 이 시에서 우리가 꼭 상상해 봐야 할 내용이 있어요. 가족은 세 명인데, 10전이 두 개밖에 없는 상황이에요. 장님인 부모와 거지 소녀는 어떤 모습으로 식사를 할까 하는 것이죠.

은유 : 아마 거지 소녀는 이렇게 했을 것 같아요. 2인분 식사를 시켜 셋이서 함께 나누어 먹었을 거예요.

명석 : 그럴 수도 있겠지만 부모가 장님이니까 거지 소녀는 자신도 함께 식사를 하고 있다고 거짓말하며 어버이를 편안하게 해주었을 것 같아.

은유의 시 노트

앞에서 읽었던 「빵집」이란 시가 생각난다. 자식이 부모를 생각하는 것은 시대나 상황에 관계없이 소중하다. 「빵집」에서 시의 화자는 자세를 반듯이 고쳐 앉는데, 그것도 마찬가지로 흐뭇함과 미안함 때문이 아닐까 싶다.

 김샘

여러 시들을 만나 보니 어떤가요? 은유 학생과 명석 학생이
기발한 상상력과 새로운 시각으로 시를 읽는 것을 보면서
여러분도 할 수 있겠다는 생각이 들었겠지요?
둘째 단계에서는 언어 사용에서 의미의 함축성이 더
깊어지고 정서도 '나'에서 벗어나 '타인'과 '사회'로
확대돼요. 자, 이제 시와 더 친해져 볼까요?

시와 친해지기

수준 : 중학교 2학년~3학년

수라 修羅[*]

백 석 1936년

거미 새끼 하나 방바닥에 내린 것을 나는 아무 생각 없이
문밖으로 쓸어버린다
차디찬 밤이다

어니젠가[*] 새끼 거미 쓸려 나간 곳에 큰 거미가 왔다
나는 가슴이 짜릿한다
나는 또 큰 거미를 쓸어 문밖으로 버리며
찬 밖이라도 새끼 있는 데로 가라고 하며 서러워한다

이렇게 해서 아린 가슴이 싹기도[*] 전이다
어데서 좁쌀알만 한 알에서 가제[*] 깨인 듯한 발이 채 서
지도 못한 무척 작은 새끼 거미가 이번엔 큰 거미 없어진 곳
으로 와서 아물거린다
나는 가슴이 메이는 듯하다
내 손에 오르기라도 하라고 나는 손을 내어미나 분명히
울고불고할 이 작은 것은 나를 무서우이 달어나 버리며 나를
서럽게 한다
나는 이 작은 것을 고히 보드러운 종이에 받어 또 문밖으
로 버리며

이것의 엄마와 누나나 형이 가까이 이것의 걱정을 하며
있다가 쉬이 만나기나 했으면 좋으련만 하고 슬퍼한다

* 수라 '아수라'의 준말. 싸움을 잘하는 귀신들이 모여 사는 곳.
* 어니젠가 '언젠가'의 평안 방언. 여기서는 '어느 사이엔가'의 뜻.
* 싹기도 삭기도. 긴장이나 화가 풀려 마음이 가라앉기도.
* 가제 '막', '방금'의 평안 방언.

시 읽고 대화하기

명석 : 제목이 무슨 뜻이니?

은유 : 귀신이 모여 사는 곳이라는데, 그 이상은 모르겠어.

김샘 : '싸움으로 처참하게 된 곳'을 '아수라장'이라고 하죠. 같은 뜻이라고 생각하면 돼요.

명석 : 그럼 시의 화자가 처참한 상황에 빠졌다는 건데, 무엇 때문이지?

은유 : 추운 겨울밤에 새끼 거미를 쓸어버리자 다시 큰 거미가 오고 다시 밖으로 버리자 이번에는 알에서 금방 깬 거미가 나타났기 때문이지. 이 과정에서 시의 화자의 마음이 변하는 거야.

명석 : 마음이 어떻게 변했다는 거지?

은유 : 시의 화자는 거미 새끼가 처음에 방에 나타났을 때는 별생각이 없다가 그 자리에 큰 거미가 오자 "가슴이 짜릿"하게 돼.

명석 : "가슴이 짜릿"하게 된 이유는 뭐지?

은유 : 시의 화자는 큰 거미를 보자 새끼 거미의 어미로 판단한 거야. 갑자기 새끼 거미가 불쌍해진 거지.

명석 : 그런데 두 거미가 진짜 어미와 자식일까? 우연히 나타난 거미일 수도 있잖아.

은유 : 상황을 생각해 봐. 크기가 다른 세 마리 거미가 잇따라 같은 장소에 나타나. 이런 상황에서는 누구든지 가족이라고 생각할 거야.

명석 : 그래, 그렇게 생각해 보자. 그런데 시의 화자가 그토록 마음 아파하는 것은 대체 왜지?

은유 : 세 마리 거미가 뿔뿔이 흩어져 서로를 찾잖아. 그런 거미를 보고 불쌍한 마음이 드는 것은 당연해.

명석 : 내 말은…… 어느 정도 불쌍해하면 되지 "서러워"하고, "가슴이 메이는 듯"까지 슬퍼하는 것은 이해가 되지 않는다는 거야. 보통 사람들은 거미 가족이 뿔뿔이 흩어져도 별다른 생각을 하지 않잖아.

은유 : 감정이 너무 지나치다는 거구나. 감정이 풍부한 사람이라면 그럴 수 있지 않을까?

김샘 : 여러분처럼 거미를 보고서 마음 아파하는 것이 지나치다 그렇지 않다 하고 따져 보는 것은 중요해요. 그와 함께 시의 화자가 왜 그렇게 마음 아파할 수밖에 없는지를 생각해 봐요.

명석 : 그럼 이렇게 마음 아파하는 데에는 어떤 사연이 있다는 것인가요?

은유 : 자세한 사연은 알 수 없지만, 혹시 '세 마리 거미'처럼 가족과 만나지 못하는 처지에 있는 것이 아닐까?

명석 : 그렇다면 '세 마리 거미'를 보니까 자신의 처지와 같아서 "가슴이 메이는 듯" 아파하는 거구나.

은유 : 마지막 행의 "엄마나 누나나 형이 가까이 이것의 걱정을 하며 있다가 쉬이 만나기나 했으면"은 자기의 소원을 거미를 통해 드러내는 것 같아.

명석 : 시의 화자는 정말 감수성이 예민한 사람이라고 할 수 있겠어. 제목 '수라'도 가족을 만나지 못한 고통스런 마음을 의미한 것으로 보여.

김샘 : 시가 발표된 1930년대의 시대 배경을 생각해 봐요. 우리 민족이 일제의 억압과 수탈을 당한 때를요. 많은 사람들이 고향을 떠나 만주, 중국, 일본으로 떠돌아다니던 당시 상황을 생각하면 이 시의 내용이 좀 더 현실감 있게 느껴질 거예요. 그리고 이 시는 세 마리 거미가 가족을 잃고 찾아다니는 이야기로 구성되는 서사성*을 갖고 있는 것이 특징이기도 해요.

명석 : 제목 '수라'의 의미를 이렇게도 볼 수 있겠어요. 일제 강점기에 우리 백성들이 겪는 고통스런 상황으로요.

은유 : 시의 내용이 이야기로 구성되어 있어서 시의 화자의 마음 상태에 자연스럽게 빠져드는 것 같아요.

---

* 서사성 서사의 특성을 살려 글을 전개하는 방식을 말한다. 서사란 하나로 이어진 사건이나 행동 따위를 시간의 흐름에 따라 서술해 나가거나, 이러한 사건이나 행동들 사이의 관계를 구조화하는 서술문을 지칭한다.

저녁 눈

박용래 1969년

늦은 저녁때 오는 눈발은 말집* 호롱불* 밑에 붐비다

늦은 저녁때 오는 눈발은 조랑말 발굽 밑에 붐비다

늦은 저녁때 오는 눈발은 여물* 써는 소리에 붐비다

늦은 저녁때 오는 눈발은 변두리 빈터만 다니며 붐비다.

* 말집 지붕의 추녀가 사방으로 삥 둘러 네모 모양을 지은 집.
* 호롱불 호롱(기름으로 불을 밝히는 등에서 기름을 담는 부분)에 컨 불.
* 여물 마소를 먹이기 위해 말려서 썬 짚이나 풀.

시 읽고
대화하기

은유 : 시 형식이 특이해. 행마다 한 줄씩 띄었어.

명석 : 여백이 있는 시 작품은 앞에서 읽은 적이 있어. 「발자국」이라는 시가 이랬지. 그런데 왜 이렇게 여백을 만드는 거지?

은유 : 그것은 이 시를 읽을 때는 특히 천천히 읽으라는 게 아닐까? 천천히 읽으면 많은 걸 생각하게 되잖아.

명석 : 그럼, 시에도 패스트푸드와 같은 시가 있고 슬로푸드와 같은 시가 있다는 거네?

은유 : 패스트푸드와 같은 시가 있진 모르겠지만, 어쨌든 이 시는 슬로푸드와 같은 시라고 생각하면 좋을 것 같아.

명석 : 시 형식에서 또 특이한 것이 있어. 행마다 '늦은 저녁때 오는 눈발은 ~ 봄비다'가 반복되고 그 사이에 몇 낱말만 달라져.

은유 : 그래. 같은 문장 구조가 반복되는 것은 「돌담에 속삭이는 햇발」이랑 「흔들리며 피는 꽃」에서 본 적이 있어. 그런데 이 시는 그런 시와도 차원이 달라. 반복의 극치를 달리고 있어.

명석 : 그런데 반복을 계속하면 자연스럽게 빨라지잖아. 그렇다면 이 시는 빨리 읽어야 할 것 같은데?

은유 : 계속 반복하니까 빨리 읽어야 한다고? 그럼 여백은 왜 있는 거지?

명석 : 혹시 여백을 둔 것은 빨리 읽는 것을 방지하기 위해서가 아닐까? 일종의 과속방지턱처럼 말이야.

은유 : 과속방지턱이라고? 그럴듯한걸! 이젠 내용을 살펴보자. 이 시는 반복이 많아 이해하기 쉬울 것 같은데 그렇지가 않아.

명석 : 아마 우리가 잘 보지 못하는 "말집", "조랑말", "여물" 같은 것이 나와서 그럴 거야.

은유 : 정말 낯설어. 시의 내용을 눈앞에 그려 보려고 해도 잘 떠오르지 않아.

명석 : 그럼, 이걸 생각해 보면 어때? 보통 눈발은 쌓인다고 하잖아. 그런데 여기서는 '붐빈다'고 표현해.

은유 : 아, 타당하지 않아 보이는 표현을 찾는 건 네 특기잖아. "붐비다"라고 한 이유가 뭐냐는 거지?

명석 : 사전을 찾아보면 '붐비다'는 '많은 사람들이 혼잡하게 들끓다'는 뜻이야. 그런데 이 시에서는 사람이 아니고 눈발이 붐빈다고 해서 이상해.

은유 : 음. 왜 그렇게 표현했을까?

김샘 : 여러분이 찾으려는 것이 이 시를 이해하는 핵심이에요. 시인이 '붐비다'를 쓴 이유는 마지막 행 "눈발은 변두리 빈터만 다니며 붐비다"를 보면 알 수 있어요. "변두리 빈터"는 외롭고 쓸쓸하죠. 시인은 눈발이 그런 곳만 다니며 붐빈다고 했어요. 외롭고 쓸쓸하지 않게 말이죠. 그리고 여러분이 낯설어하는 '말집'은 이 변두리 빈터 가까이 있을 거예요. 그 집에는 '조랑말'과 조랑말이 먹을 '여물'도 있지요.

은유 : 마치 눈발이 수다쟁이 같아요. 상대를 피곤하게 만들지 않고 편안하게 해 주는 수다쟁이 말이에요.

명석 : 역시 "붐비다"라는 시어에 뭔가 특별한 뜻이 있었던 거야.

은유 : 이제 시를 다시 읽어 보면 그림이 떠오를 것 같아.

명석 : 그래, 말집에서 사람이 조랑말을 먹이려고 여물을 써는 그림이 떠올라.

은유 : 말집에 있는 사람은 어떤 사람 같니?

명석 : 글쎄? 그것까지는 모르겠어.

은유 : 내가 보기엔, 말집에 있는 사람은 조랑말을 타고 먼 길을 왔고 날이 밝으면 다시 떠나려는 사람 같아.

명석 : "발굽"이란 시어에서 먼 길을 왔거나 갈 사람이란 걸 추리해 냈구나!

김샘 : 여기서 '말집'을 옛날의 술집이라고 할 수 있는 주막으로 파악하면, 먼 길을 오가는 사람들이 이 집에서 하룻밤을 지내는 풍경을 그려볼 수도 있어요. 그들은 지친 말에게 여물을 썰어 주며 내일 갈 길을 걱정하는 거죠.

은유 : 눈발이 그들의 피곤하고 쓸쓸한 마음을 따뜻하게 만들어 주어 다행이에요.

나비

송 찬 호 2009년

나비는 순식간에
째크나이프*처럼
날개를 접었다 펼쳤다

도대체 그에게는 삶에서의 도망이란 없다
다만 꽃에서 꽃으로
유유히 흘러 다닐 뿐인데,

수많은 눈이 지켜보는
환한 대낮에
나비는 꽃에서 지갑을 훔쳐 내었다

* 째크나이프jackknife 칼날을 접어 칼집에 넣을 수 있게 만든 주머니칼. 외래
이 표기법에 따르면 잭나이프임.

시 읽고 대화하기

은유 : 잭나이프가 어떤 칼이니?

명석 : 영화에서 본 적이 있는데, 단추를 누르니까 하얀 칼날이 순식간에 펼쳐지던데.

은유 : 그럼 1연은 나비의 날갯짓을 접혔다 펼쳐지는 칼날에 빗대 어 나타낸 거네. 나비를 잭나이프와 같다고 표현하니까 멋있어.

명석 : 그런데 1연의 표현은 좀 따져 봐야겠어.

은유 : 무엇 때문에?

명석 : 나비의 날갯짓은 천천히 이루어져. 그런데 그걸 순식간에 움직이는 잭나이프와 같다고 하잖아.

은유 : 나비와 잭나이프는 움직이는 모양에서 비슷하다는 것이 지, 그 속도에서 비슷하다는 것은 아니야.

명석 : 이걸 봐. 첫 행에 분명히 "순식간에"라는 표현이 있어.

은유 : 그것은 단지 나비와 잭나이프의 비슷한 점을 강조하려는 표현인 것 같은데.

명석 : 내가 따지는 이유는 비슷한 점보다 다른 점이 더 많기 때 문이야. 부드러움과 날카로움, 느림과 재빠름이 다르잖아.

은유 : 다른 점이 있어도 비유적으로 표현할 수 있지 않을까?

명석 : 물론 그럴 수 있겠지. 그러나 내 말은, 왜 비슷한 점이 많 은 것에 연결하지 않고 다른 점이 많은 것에 연결했느냐는 거야. 어떤 의도가 있는 게 아닐까?

은유 : 멋있게 보이려고 그렇게 했나?

김샘 : '나비'를 '춤추는 소녀'라고 표현하면 비슷한 점이 많은 것에 연결한 셈이지만, 이런 비유는 자주 쓰이는 거라 독자에게 흥미나 긴장감을 주지 못해요. 이런 비유를 시인들은 '죽은 비유'라고 하지요. 그래서 새로운 비유를 만들기 위해 많은 노력을 해요. 이 시는 부드러움과 날카로움의 차이에서 생겨나는 흥미와 긴장감을 독자에게 주려는 의도를 갖고 있어요.

명석 : 그렇구나. 흥미와 긴장감 때문에 표현이 멋있어 보이는 거네요.

은유 : 그렇다면 2연의 "도망이란 없다"와 3연의 "지갑을 훔쳐 내었다"라는 표현도 그런 거라고 하겠어.

명석 : 그래, 나비를 범죄 표현과 연결하기 때문에 흥미와 긴장감이 느껴져. 그런데 나비와 도망을 연결시키는 근거는 뭐지?

은유 : 그것은 3연에서 알 수 있겠어. 시인은 나비가 꽃에서 꿀을 빠는 것을 "지갑을 훔쳐 내었다"고 보는 거야. 훔쳤으면 도망을 가야 정상이지.

명석 : 그런데 나비는 "도망" 가지 않고 "유유히 흘러 다닐 뿐"이라는 거지.

은유 : 그럼 이 시는 내용상으로는 3연이 먼저고 2연이 나중이야.

김샘 : 여기서 범죄 영화에 나오는 능숙한 은행 강도의 모습을 생각해 보는 것도 좋겠어요. 강도는 은행의 금괴를 훔치고 아무 일도 없었다는 듯이 유유히 사라지죠. 시인은 이런 장면을 생각하면서 시를 썼을 거라고 추리해 봐도 재미있을 거예요.

은유 : 나비의 우아한 모습에 범죄의 모습이 겹쳐 있는 것이 이 시의 특징이라 할 수 있겠어요.

나무가 바람을

최 정 례 1994년

나무가 바람을 당긴다
이 끈을 놓아
이 끈을 놓아
끌려가는 자세로 오히려
나무가 바람을 끌어당길 때
사실 나무는 즐겁다
그 팽팽함이

바람에 놓여난 듯
가벼운 흔들림
때론 고요한 정지
상처의 틈에 새잎 함께 재우며
나무는 바람을 놓치지 않고
슬며시 당겨 재우고 있다

세상 저편의 바람에게까지
팽팽한 끈 놓지 않고

시 읽고 대화하기

은유 : "나무가 바람을 당긴다"고? 사실 바람이 나무를 휘게 만드는데 반대로 생각하고 있어.

명석 : 바람과 나무의 관계를 뒤집어 상상하고 있는 거지. 이런 상상은 「소를 웃긴 꽃」에서 본 적이 있잖아.

은유 : 어! 이번엔 왜 과학 현상에서 벗어난다고 말하지 않아?

명석 : 어떤 관계를 뒤집어 보는 상상력은 아주 중요해! 뉴턴도 사과가 무거워서 떨어지는 것으로 생각하다가 어느 순간 지구가 사과를 끌어당기는 것은 아닐까 하고 생각한 데서 '만유인력'을 발견하게 된 거야.

은유 : 시의 상상력이 과학의 발견에 도움이 된다는 거구나.

명석 : 당연히 그렇지.

은유 : 관계가 바뀌니까 바람이 나무에게 사정해. 1연 2~3행에서 "이 끈을 놓아 / 이 끈을 놓아"라고.

명석 : 바람은 멀리멀리 가고 싶은데 나무가 기다란 나뭇가지로 잡고 놓지 않는 상황이야.

은유 : 바람은 귀찮아하는데 나무는 그것을 즐기고 있지. 다른 사람이 보면 나무는 "끌려가는 자세"를 하고 있지만 그게 아니라는 거야.

명석 : 1연을 정리하면, 겉으로 보이는 것과 달리 나무가 바람을 능동적으로 끌어당기며 즐거워하는 모습이야.

은유 : 그런데 2연에서는 능동적이던 나무가 피동적으로 바뀌어. "바람에 놓여난 듯 / 가벼운 흔들림"이 그렇잖아?

명석 : 그런데 다음에 "나무는 바람을 놓치지 않고"라는 능동적인 표현이 나와. 피동에서 능동으로 왔다 갔다 해서 어떤 건지 헷갈려.

김샘 : 2연 1~3행은 나무가 멈추어 있는 모습을 말하죠. 여기에서 '듯'이라는 시어에 주의를 기울여야 해요. '겉으로만 그렇게 보인다'는 뜻을 갖고 있죠. 바람에 놓여나서 나무가 멈추어 있는 것처럼 보이지만, 실제로는 그렇지 않다는 거예요. 나무는 스스로 멈춘다는 것이죠.

은유 : '듯'이라는 낱말이 그런 역할을 하다니! 시를 읽을 때는 하나하나 꼼꼼히 따져 봐야겠네요.

명석 : 그럼 나무는 왜 스스로 멈추는 거야? 바람을 계속 끌어당기며 즐기면 더 좋을 텐데.

은유 : 그것은 2연 4~6행에 나오는 것 같은데. "상처의 틈에 새 잎 함께 재우며"는 나무가 바람을 당기느라 생겨난 상처를 치료하는 거지.

명석 : 그럼 2연 마지막에 "슬며시 당겨 재우고 있"는 것은 지친 바람을 쉬게 하는 거라고 보면 되겠네. 나무가 멈춰서 하는 일이 많구나!

은유 : 3연에 다시 어려운 말이 나와. "세상 저편의 바람"은 어떤 바람이지?

명석 : 아주 먼 곳으로 불어간 바람이 아닐까?

은유 : 글쎄, 그렇게 단순하진 않은 것 같아. 아무리 나무가 능동적이라도 엄청 멀리 있는 바람까지 "팽팽한 끈 놓지 않고" 당길

수는 없잖아?

명석 : 그럼 뭐지?

김샘 : 그래요. 3연은 쉽게 이해할 수 없는 어려운 표현이에요. 분명히 나타나지는 않지만 나무의 기억력을 말하는 것이 아닐까요? 나무는 자기를 스쳐 간 모든 바람을 기억하며 아주 멀리 있는 바람까지도 기억 속에서 잡아당기는 거라고 볼 수 있죠.

명석 : 그렇다면 나무는 엄청난 기억력을 갖고 있는 거네요.

은유 : 그래서 나무는 많은 가지와 잎을 가지고 있는지 몰라.

은유의 시 노트

이 시에서 바람은 자식이고 나무는 어머니라고 보면 알맞을 것 같다. 자식은 자라면서 여러 가지 일로 어머니의 마음을 흔들고, 어머니는 자식이 잘못된 길로 가지 말라고 당기고 재우고 한다. 그러다가 자식은 성장하면 어머니 곁을 떠나 먼 곳에서 생활하기도 한다. 그래도 어머니는 자식 걱정으로 생각을 멈추지 않는다.

새봄 9

김 지 하 1994년

벚꽃 지는 걸 보니
푸른 솔이 좋아
푸른 솔 좋아하다 보니
벚꽃마저 좋아.

시 읽고
대화하기

은유: 앞에서 본 「그 꽃」처럼 아주 짤막한 시야. 사용하는 핵심 낱말도 '벚꽃, 푸른 솔, 좋아'로 간략해.

명석: '벚꽃'과 '푸른 솔'을 두 번, '좋아'를 세 번 반복하는 것이 이 시의 전부라고 해도 되겠어.

은유: 시인은 '벚꽃'과 '푸른 솔'을 비교해. "푸른 솔이 좋"다느니 "벚꽃이 좋"다느니 평가하는 거지.

명석: 그런데 벚꽃과 푸른 솔을 비교하는 기준이 틀린 것 같아.

은유: 그래? 어떻게 틀렸는데?

명석: 벚꽃은 '꽃'이고 푸른 솔은 '나무'잖아. 꽃은 꽃끼리 나무는 나무끼리 비교해야 될 것 같아.

은유: 날카로운 지적인걸! 그런데 시인이 그런 것을 모르지는 않았을 텐데…… 뭔가 의도가 있는 게 아닐까?

김샘: 명석이의 지적은 좋아요. 그런데 여기서 시인은 비교의 기준을 '꽃'이나 '나무'라는 식물학상의 분류로 삼는 것이 아닐 거예요. '벚꽃'과 '푸른 솔'이 갖고 있는 의미를 한번 생각해 봐요.

은유: 겉모습이 아니라 속뜻으로 비교하는 거네요.

명석: 그렇다면 "벚꽃"과 "푸른 솔"이 어떤 속뜻을 갖는 걸까?

은유: 먼저 그 모습을 생각해 보면 좋을 것 같아. '벚꽃'은 색깔이 흰색과 연분홍이 섞여 있어 화려하게 피지만 금방 져 버려. 반면에 '푸른 솔'은 녹색 하나로 사계절 내내 변화가 없지.

명석 : 그렇다면 '벚꽃'은 화려함과 변화가 많음을, '푸른 솔'은 단순함과 변화가 없음을 의미하겠네.

은유 : 그렇다고 볼 수 있겠어. 1~2행 "벚꽃 지는 걸 보니 / 푸른 솔이 좋아"는 화려하지만 금방 져 버리는 벚꽃에 실망해서 단순한 푸른 솔이 좋은 거야.

명석 : 그럼 3~4행 "푸른 솔 좋아하다 보니 / 벚꽃마저 좋아"는 단순한 푸른 솔을 좋아하다 보니 이제는 화려한 벚꽃도 좋아졌다는 거겠어.

은유 : 시인은 봄나들이 갔다가 단순한 푸른 솔과 화려한 벚꽃이 잘 어울리는 풍경을 보고 이 시를 쓴 것 같아.

명석 : 아름다운 풍경을 보고 기분이 흥겨워진 거지. 그래서 흥겨움을 강조하기 위해 '좋아'라는 말을 세 번이나 반복해.

은유 : 그래. 시의 화자는 새봄을 맞아 기분이 매우 좋은 거야. 단순함과 화려함이 잘 어우러진 봄 풍경에 흥겨운 거지.

김샘 : 여러분의 감상은 시어 '좋아'에 중점을 둔 것이라 할 수 있어요. 그런데 이 시를 '벚꽃'과 '푸른 솔'의 관계에 중점을 두어 달리 감상할 수도 있어요. '벚꽃과 푸른 솔의 어우러짐'은 사회에서 서로 다른 것들끼리 조화로운 상태를 이루기 바라는 마음을 노래한 것이죠. 더 나아가 평론가들은 1990년대 초반에 소련을 중심으로 한 공산 진영이 무너지면서 대결의 시대가 지나고 서로 돕는 시대가 왔음을 알리는 시로 해석하기도 해요.

은유 : 시는 다양하게 감상할 수 있다는 것을 또다시 느끼게 되네요. 어떤 시어에 중심을 두는가에 따라 시의 의미가 달라지니까 어렵기도 하고 재미있기도 해요.

명석 : 역사적 상황을 고려해서 시를 읽을 필요가 있겠어.

내 몸속에 잠든 이 누구신가

김선우 2007년

그대가 밀어 올린 꽃줄기 끝에서
그대가 피는 것인데
왜 내가 이다지도 떨리는지

그대가 피어 그대 몸속으로
꽃벌 한 마리 날아든 것인데
왜 내가 이다지도 아득한지
왜 내 몸이 이리도 뜨거운지

그대가 꽃 피는 것이
처음부터 내 일이었다는 듯이.

시 읽고
대화하기

명석 : 제목이 의문문이야.

은유 : 제목만이 아니야. 시에서도 세 번이나 '왜'라고 물어.

명석 : 의문에 대한 답을 찾는 것이 이 시를 감상할 수 있는 열쇠가 될 것 같아.

은유 : 제목에 대한 답은 간단해. '그대'야. 그대가 내 몸속에 잠들어 있다는 것이지.

명석 : 시에서 '왜'라고 세 번을 묻지만 질문은 하나야. 왜 몸이 떨리고 아득해지는지 묻고 있지. 그 답 역시 '그대'야.

은유 : 그리고 그대는 '꽃'이야! 꽃 피는 모습에 시의 화자는 몸이 떨리고 아득한 거지.

명석 : 내가 보기에 그대는 '좋아하는 사람'을 말하는 것 같아.

은유 : 글쎄, 나는 그대가 꽃이라고 생각하는데.

김샘 : 둘 다 맞아요. 이 시는 '그대'를 어떻게 보는가에 따라 시의 의미가 달라지죠. 각각의 생각에 따라 시의 의미를 생각해 봐요.

은유 : 재미있겠는데요. 그대를 '좋아하는 사람'으로 보면 무엇을 표현한 거야?

명석 : 좋아하는 사람 때문에 생겨나는 떨림을 노래하는 거지.

은유 : 그럼 3연에서 "그대가 꽃 피는 것"은 무엇을 말하지?

명석 : 음……. 그건 상대방에게 일어나는 기분 좋은 변화를 말해.

은유 : 서로 사랑하는 마음이 깊어지면서 생겨나는 변화구나.

명석 : 그럼 이젠 네가 대답할 차례야. 그대를 '꽃'의 의미로 보면 어떻게 돼?

은유 : 이 시는 꽃이 피는 모습을 신비롭게 바라보는 마음을 노래하는 거야.

명석 : 그럼, '꽃'을 '그대'라고 의인화해서 서로 사랑하는 것처럼 나타냈다는 거네.

은유 : 그렇지. 꽃이 피어나는 과정을 사랑의 감정이 변하는 과정처럼 나타내 '꽃'과 '시의 화자'가 하나가 되는 순간을 노래해. 일종의 '물아일체'*의 경지라고 할까?

명석 : 오호, 이제는 문자까지 쓰시네!

김샘 : 여기서 "꽃 피는 것"의 의미를 단순히 꽃이 피는 사실에만 두지 말고 더 넓게 생각해 봐요.

명석 : 이렇게 볼 수 있겠어요. 새로운 생명이 탄생하는 것으로요.

은유 : 그렇다면 이 시는 생명 탄생의 신비에 빠져드는 떨림을 노래하는 것으로도 이해되겠네.

명석 : 나는 시의 화자가 남잔지 여잔지 궁금해.

은유 : 왜?

명석 : 시의 화자가 남자라면 아내가 임신했을 것 같고, 여자라면 자신이 임신을 했을 것 같아. 배 속의 생명에 온 신경이 가 있는 거지.

은유 : 우와, 훌륭한 상상력이다!

---

* 물아일체物我一體 바깥 사물과 자신이 어울려 한 몸으로 되는 것.

토막말*

정 양 1997년

가을 바닷가에
누가 써 놓고 간 말
썰물 진 모래밭에 한 줄로 쓴 말
글자가 모두 대문짝만씩 해서
하늘에서 읽기가 더 수월할 것 같다

정순아보고자퍼서죽껏다씨펄

씨펄 근처에 도장 찍힌 발자국이 어지럽다
하늘더러 읽어 달라고 이렇게 크게 썼는가
무슨 막말이 이렇게 대책도 없이 아름다운가
손등에 얼음 조각을 녹이며 견디던
시리디시린 통증이 문득 몸에 감긴다

둘러보아도 아무도 없는 가을 바다
저만치서 무식한 밀물이 번득이며 온다
바다는 춥고 토막말이 몸에 저리다
얼음 조각처럼 사라질 토막말을
저녁놀이 진저리치며 새겨 읽는다

시 읽고
대화하기

명석 : 2연의 큰 글씨가 특이해. 바닷가에 써 놓은 말이 대문짝만 하다는 것을 시각적으로 보여 줘.

은유 : 글씨가 크기도 하겠지만 보고 싶은 마음이 매우 크다는 것을 말하기도 해.

명석 : '씨펄'이라는 비속어가 재밌어. 시에는 보통 아름답고 세련된 말들이 쓰이는데 말이야.

은유 : '설사'가 등장하는 시도 있었어. '설사'가 시를 재미있게 만들었지.

명석 : 그럼, 여기서 '씨펄'은 어떤 역할을 하지?

은유 : 이 말은 너도 가끔 쓰잖아.

명석 : 일이 마음대로 풀리지 않을 때 나도 모르게 튀어나오곤 해. 이 토막말의 주인공도 '씨펄'을 쓰는 걸 보니까 '정순'이를 보지 못해 무척 괴롭고 답답한가 봐.

은유 : 보고 싶은 마음을 해결하지 못할 때 사람들은 보통 넓은 데로 가서 이름을 크게 불러 본다든가, 종이에 그 이름을 마구 적는다든가 하잖아. 그런데 이 사람은 바닷가로 가서 자기 마음을 적어 놓았어.

명석 : 왜 바닷가로 갔지? 아주 큰 글씨로 쓰고 싶어서인가?

＊토막말 긴 내용을 간추려 한마디로 나타내는 말.

은유 : 큰 글씨라면 근처의 담벼락에도 쓸 수 있잖아.

명석 : 그럼 넓은 바다가 시원해서?

은유 : 아니지. 바닷가에는 상대방과 보낸 추억이 담겨 있기 때문이야!

명석 : 아, 그렇구나. 바닷가는 넓고 시원해서 이름을 크게 불러 보기에도 알맞겠어.

은유 : 물론 소리도 쳐 봤겠지. 그러나 괴로운 마음을 달래지 못해 이렇게 큰 글씨를 써 놓았을 거야.

명석 : 그렇게 추리를 잘하는 걸 보니 혹시 토막말의 주인공과 같은 경험이 있는 거 아냐?

은유 : 아니……. 직접적인 경험이 없어도 추리는 할 수 있잖아.

명석 : 알았어! 이번에는 내가 토막말의 주인공과 시의 화자의 움직임을 추리해 보겠어. 토막말을 쓴 사람은 썰물이 지고 밀물이 들기 전에 와서 토막말을 남기고는 떠났어. 얼마쯤 지나 시의 화자가 와서 그 글씨를 보는 거지.

은유 : 역시 추리를 잘하는걸.

명석 : 시의 화자는 토막말을 보고 충격을 받아. 3연 3행 "무슨 막말이 이렇게 대책도 없이 아름다운가"라는 표현에 잘 드러나.

은유 : 3연 4~5행 "손등에 얼음 조각을 녹이며 견디던 / 시리디 시린 통증이 문득 몸에 감긴다"는 것은 어떤 의미일까? 시의 화자가 갑자기 열나고 아팠다는 것인가?

명석 : 글쎄? 열이 나면 이마에 얼음 수건을 갖다 대는데 여기서는 손등에 올려놓고 있다니 그 의미는 아닌 것 같아.

김샘 : 시에는 토막말의 주인공과 그 토막말을 발견한 시의 화자가 등장해요. 아마 시의 화자도 토막말의 주인공처럼 좋아하는

사람을 만나지 못해 괴로워한 경험이 있는 것 같아요. 시의 화자는 그 괴로움을 손등에 얼음 조각을 올려 녹이며 견디었던 거죠. 토막말을 보니까 그 통증이 문득 떠오르는 거예요.

은유 : 그래서 시의 화자는 "무식한 밀물"에 "얼음 조각처럼 사라질 토막말"을 걱정하는 거네요. 토막말이 사라지면 그것에 담긴 진실을 아무도 모를까 봐 자신이라도 "진저리치며 새겨 읽"나 봐.

명석 : 정리하면, 이 시는 토막말을 발견한 시의 화자가 토막말의 주인공과 마음으로 하나가 되는 과정을 나타내.

김샘 : 잘 봤어요. 이 시를 여러분이 앞에서 읽었던 어떤 시와 엮어 읽으면 좋을지 생각해 봐요.

명석 : 「내 몸속에 잠든 이 누구신가」가 생각나요. 여기서 정순이는 '내 몸속에 잠들었다가 지금은 사라진 사람'이라고 할 수 있겠어요.

은유 : 모래밭과 발자국이라는 시어가 나오니 「발자국」과 엮어 읽어도 좋겠어요.

명석 : 둘을 모두 엮어 읽어도 되겠어. 토막말을 바다가 아늑히 품어 주고 정순이는 내 마음에 추억으로 잠들어 있는 거야.

은유의 시 노트

이 시와 「발자국」을 더 비교해 봤다. 「발자국」은 추억을 바다가 품에 안아 주는데, 「토막말」은 바다가 지워 버리는 그리움을 시인이 품에 안아 준다. 그래서 「발자국」에서는 바다를 따뜻한 느낌으로 표현하는데, 「토막말」에서는 바다를 '무식한'이라고 표현한다.

이슬

이 시 영 1991년

이슬은 한밤에 내려
초록 잎사귀를 한없이 물들인다
두 귀를 쭉 늘어뜨리고 생각에 잠긴 잎사귀는
자기를 물들이는 것이 무엇인지도 모르다가
아침 햇살에 반짝 정신이 들면서
그것이 고통의 밝은 이슬이었음을 안다

시 읽고 대화하기

명석: '이슬'은 내리는 것이 아니라 맺히는 거야! 밤에 기온이 내려가면 공기 중의 수증기가 맺히어 생겨나는 물방울이잖아. 그런데 사람들은 비처럼 여겨 '이슬은 내린다.'고 잘못 생각하지. 이 시도 마찬가지야.

은유: 또 시를 과학 지식으로 따지자는 거구나. 그렇게 따지면 시를 읽는 재미가 없잖아!

명석: 나는 이게 재미있는데. 비과학적인 표현은 또 있어.

은유: 또 있다고?

명석: '이슬은 잎사귀를 적신다'고 해야 하는데, 2행에서 "초록 잎사귀를 한없이 물들인다"고 표현하고 있어. 이슬은 잎사귀를 젖게 할 뿐이지 물들이지는 못해.

은유: 날카로운데! 그렇지만 시인은 일부러 이렇게 표현했을 거야. 표현이 멋있잖아.

명석: 어떤 특별한 의미는 없고 표현만 멋있다는 거야?

은유: 특별한 의미라……. 이슬이 단순히 잎사귀를 적시는 것이 아니고 어떤 일을 하는 것 같아. 정확히 알 수는 없지만.

김샘: '적신다'고 하지 않고 '물들인다'고 함으로써 이슬이 잎사귀에게 마음을 주고 있다는 것을 말해요. 이슬이 잎사귀에게 친한 친구가 되자고 하는 것이죠.

명석: '물들인다'로 표현하니 '적신다'보다 더 많은 뜻을 갖게 되

네요.

은유 : 3행의 "두 귀를 쭉 늘어뜨리고 생각에 잠긴 잎사귀"라는 표현이 재미있지 않니? 편안히 잠자고 있는 개의 모습이 떠올라.

명석 : 사람도 생각에 잠기면 눈을 내리감거나 고개를 숙이는데, 그것과 잘 어울리는 표현이야.

은유 : 그럼 잎사귀는 무슨 생각을 하고 있을까?

명석 : '나를 쭉 늘어뜨리는 것이 누구일까? 내가 왜 이렇게 편안하지?' 이런 생각을 하는 것 같아.

은유 : 그런데 잎사귀는 이슬이 자신을 물들여서 그렇게 되는 걸 몰라.

명석 : 보통 그렇잖아. 공기의 소중함을 모르듯이 친구가 옆에 있을 때는 그 소중함을 모르는 거야.

은유 : 5행 "아침 햇살에 반짝 정신이 들면서"는 무엇을 나타내는 걸까?

명석 : 아침이 되면 기온이 올라가 이슬이 증발하는 현상을 말하는 것 같아.

은유 : 그래, 이슬이 증발하자 휘어진 잎사귀가 펴지는 모습이네.

명석 : 이슬이 증발해서 없어지자 자기를 물들이던 것이 이슬이었음을 안다는 거지.

은유 : 그런데 "고통의 밝은 이슬"이란 표현이 특이하지 않니?

명석 : 앞뒤가 맞지 않는 표현이야. '고통'은 '어두운' 것인데 '밝

---

* 역설 겉으로 보기에는 명백히 모순되고 부조리한 듯하지만 표면적인 논리를 떠나 자세히 생각하면 근거가 확실하거나 진실된 내용을 담고 있는 표현 방법. 일상생활에서 흔히 쓰는 '좋아서 죽겠다.'도 역설적인 표현임.

은'이라고 하니 모순돼.

은유 : "고통"은 새벽에 잎사귀를 물들이는 이슬의 힘겨움을 말하는 거라고 할 수 있겠어. 그런데 "밝은"은 무엇을 말하지?

명석 : "밝은"은 아침과 관련될 것 같은데…….

김샘 : "고통의 밝은"과 같은 표현을 역설˚이라고 하죠. "고통"은 은유의 말처럼 이슬의 노력이라고 할 수 있어요. 그리고 "밝은"은 아침이 되자 잎사귀가 자기의 존재를 알아준 기쁨으로 볼 수 있어요.

은유 : 이 표현은 언뜻 보면 앞뒤가 맞지 않지만 자세히 보면 깊은 뜻을 갖고 있네요.

명석의 시 노트

이 시에서 '물들인다'의 의미는 다른 이에게 영향을 주어 마음을 움직이는 것이다. 이 말을 보면 생텍쥐페리의 『어린 왕자』에 나오는 '길들인다'는 말이 생각난다. 『어린 왕자』에서 다른 사람을 길들이면 자신에게 특별한 존재가 된다고 했다. 그러고 보면 '물들인다'와 '길들인다'는 같은 의미가 있나 보다.

느낌

이 성 복 1990년

느낌은 어떻게 오는가
꽃나무에 처음 꽃이 필 때
느낌은 그렇게 오는가
꽃나무에 처음 꽃이 질 때
느낌은 그렇게 지는가

종이 위의 물방울이
한참을 마르지 않다가
물방울 사라진 자리에
얼룩이 지고 비틀려
지워지지 않는 흔적이 있다

시 읽고 대화하기

은유 : 1연은 스스로 묻고 답하는 형태로 되어 있어.

명석 : 시인이 묻는 것은 "느낌은 어떻게 오는가"야.

은유 : 그리고 '어떻게 사라지는가'도 묻고 있어.

명석 : 그런데 시인은 좀 특이한 걸 물어.

은유 : 왜?

명석 : 보통 사람들은 느낌이 좋은지 나쁜지에 관심을 갖지, 느낌이 어떻게 오고 사라지는지 관심을 갖지 않잖아. 왜냐하면 느낌은 자연스럽게 오고 사라지기 때문이지.

은유 : 너의 말은 느낌이 좋은지 나쁜지 그 내용에 대해 물어야한다는 거니?

명석 : 그렇지.

은유 : 그렇지만 나는 시인일수록 사람들이 관심을 두지 않는 것에 더 관심을 기울여 한다고 생각해.

명석 : 그래야 시를 읽으면서 새로운 경험을 할 수 있다는 거지?

은유 : 그렇지. 그런데 시 내용이 어렵지 않니?

명석 : 그래, 어려워. 무엇 때문에 어려운 걸까?

은유 : 그것은 1연 2~3행 "꽃나무에 처음 꽃이 필 때 / 느낌은 그렇게 오는가"에서 보듯이, 느낌을 꽃나무에 빗대어 표현하기 때문인 것 같아.

명석 : 그러니까 꽃이 피고 질 때 꽃나무가 어떤 느낌인지 상상할

수 있어야 이 시를 이해할 수 있다는 거지? "처음"이라는 말이 들어갔으니까 어떤 호기심이나 떨림이 아닐까?

은유 : 호기심이나 떨림으로 느낌이 온다면, 느낌이 사라질 때는?

명석 : 호기심으로 온 느낌이 사라지는 것이니까, 음…… 아쉬움이라고 할 수 있겠어.

은유 : 그럼 느낌이 호기심으로 오고 아쉬움으로 사라진다는 것인데, 그건 너무 평범하잖아.

김샘 : 여기서 꽃나무의 특성을 생각해 봐요. 꽃나무는 봄에 꽃을 피우기 위해 지난겨울을 참으며 기다려 왔다는 거예요.

은유 : 느낌은 아무렇게나 오는 것이 아니고 오랜 참음과 기다림의 과정이 필요하다는 것이네요.

명석 : 그런데 내 경험으로는 한순간에 생기는 것 같은데. 우리는 보통 "필이 꽂혔다."고 말하잖아. 꽂히는 일은 순간적인 것이 아닐까?

김샘 : 시인은 소중한 느낌을 말하고 있어요. 가볍게 스쳐 가지 않고 우리 마음에 오랫동안 남는 느낌이죠. 이른바 "필이 꽂혔다."고 할 때 그 '필'이 소중한 것이라면, 마치 순간적으로 강하게 다가오는 것처럼 보이더라도 마음속으로는 오래전부터 그런 느낌을 바라고 있었기 때문이에요.

명석 : 알겠어요. 느낌이 강하게 다가온 만큼 사라질 때는 그 아쉬움도 더 크겠어요.

은유 : 2연에선 물방울 이야기가 나오는데, 1연에서 느낌을 꽃나무에 빗댄 것처럼 물방울에 빗대어 느낌을 표현해.

명석 : 유리와 달리 종이 위에 있는 물방울은 흔적을 남기게 되지.

은유 : 2연 4~5행의 "얼룩이 지고 비틀려 / 지워지지 않는"은 소

중한 느낌이 남겨 놓은 흔적을 시각적으로 나타낸 것이라고 하겠어.

은유의 시 노트

느낌이 사라지면 없어져 버리는 것 같지만 그렇지 않다. 흔적이 남아 있어서 언젠가 그 느낌이 다시 살아난다. 그것은 꽃나무가 가을이 되면 꽃과 잎이 모두 져서 사라진 것 같은데 봄이면 다시 살아나는 것과 같다고 하겠다.

플라타너스[*]

김 현 승 1953년

꿈을 아느냐 네게 물으면,
플라타너스,
너의 머리는 어느덧 파아란 하늘에 젖어 있다.

너는 사모[*]할 줄을 모르나,
플라타너스,
너는 네게 있는 것으로 그늘을 늘인다.

먼 길에 올 제,
홀로 되어 외로울 제,
플라타너스,
너는 그 길을 나와 같이 걸었다.

이제 너의 뿌리 깊이
나의 영혼을 불어넣고 가도 좋으련만,
플라타너스,
나는 너와 함께 신이 아니다!

수고론 우리의 길이 다하는 어느 날,

플라타너스,

너를 맞아 줄 검은 흙이 먼―곳에 따로이 있느냐?

나는 오직 너를 지켜 네 이웃이 되고 싶을 뿐,

그곳은 아름다운 별과 나의 사랑하는 창이 열린 길이다.

＊ 플라타너스 높이가 20~30미터에 이르며 낙엽 활엽 교목임. 큰 키와 넓은 잎
이 보기 좋고 공해에 강해 가로수로 널리 심음.
＊ 사모 정을 들이어 애틋하게 생각하며 그리워함.

시 읽고 대화하기

은유 : '내나무'라는 나무가 생각나.

명석 : 그래. 부모가 딸이 태어나면 그 몫으로 오동나무를 심고, 아들이 태어나면 그 몫으로 소나무를 심는 풍습이지. 나무는 사람과 같이 성장하다가 오동나무는 딸이 결혼할 때 가구를 만들고, 소나무는 아들이 죽으면 관을 만드는 데 썼다고 해.

은유 : 시의 화자는 "플라타너스"를 '내나무'와 같은 존재로 여겨.

명석 : 3연의 "먼 길에 올 제 / 홀로 되어 외로울 제 / 너는 그 길을 나와 같이 걸었다"를 보고 그런 생각을 했구나.

은유 : 그래, "플라타너스"는 단순한 나무가 아니야. 1, 2연에 보면 꿈을 알고 사모할 줄도 안다고 했어.

명석 : 그건 명확하지 않은데. 어떻게 단정적으로 말할 수 있어?

은유 : 1연에서 "너의 머리는 어느덧 파아란 하늘에 젖어 있다"는 표현은 꿈을 안다는 사실을 말하는 거지. 하늘과 꿈은 연결이 잘 되잖아.

명석 : 이 표현은 플라타너스가 하늘 높이 솟은 모습을 나타낸 것일 뿐인데, 이걸 갖고 하늘과 꿈을 연결하는 것은 지나쳐. 그리고 2연에서는 "사모할 줄을 모르나"라고 말하잖아.

은유 : 하지만 2연 3행 "네게 있는 것으로 그늘을 늘인다"는 것은 플라타너스가 그늘을 만들어 거기에 와서 땀을 식힐 사람을 찾고 있는 거야.

명석 : 땀을 식힐 사람을 찾는 것과 사모하는 것은 달라. 사모하는 것은 차원이 높은 감정이야. "사모할 줄을 모르나"라는 표현은 '사모할 줄을 모른다. 하지만 그늘을 만드는 정도까지는 한다.'는 뜻으로 이해해야 하지 않을까?

은유 : 그래도 시의 맥락상 사모할 줄 안다고 봐야 할 것 같은데.

김샘 : '~ 모르나'의 쓰임에 주의를 기울여 봐요. 이것의 뒤에는 앞과 반대의 내용이 이어지죠. 플라타너스는 감정이 없어서 일반적으로는 꿈을 알거나 사모할 줄 모른다고 생각하죠. 그러나 시의 화자는 플라타너스가 꿈을 알고 사모할 줄도 안다고 여겨요. 그것을 직접 말하지 않고 플라타너스의 모습을 통해서 표현하고 있어요.

은유 : 명석아, 그것 봐. 시의 화자는 플라타너스가 꿈을 알고 사모할 줄 안다고 말해.

명석 : 이젠 인정해. 그럼 1~3연을 정리해 볼게. 플라타너스는 시의 화자에게 꿈과 사모를 아는 인격체이고 삶의 동반자라고 할 수 있겠어.

은유 : 그런데 4연으로 가면 내용이 어려워. "나의 영혼을 불어넣고 가도 좋으련만"은 무얼 말하지? 5연의 "우리의 길이 다하는 어느 날"과 연결해서 보면 죽음을 말하는 거겠지?

명석 : 그래. 시의 화자는 죽음을 이야기해. 그러면 "나는 너와 함께 신이 아니다"는 무슨 뜻이지? 신이 아니어서 죽을 수밖에 없음을 다시 강조하는 건가?

김샘 : 인간은 플라타너스보다 수명이 훨씬 짧아요. 시의 화자가 플라타너스를 남기고 먼저 죽음을 맞이하는 상황을 생각해 봐요. 죽음 앞에서 삶의 동반자 관계는 영원할 수 없겠죠. 그래서 화자

는 플라타너스에게 "영혼을 불어넣고 가"고 싶어 합니다. 그러나 신과 같은 권능을 지니지 못했다는 거예요.

은유 : 시의 화자는 플라타너스를 남기고 먼저 죽는 것을 아쉬워해요. 영혼으로라도 동반자로 남고 싶은데 그러지 못한다는 거네요.

명석 : 5연에서 "너를 맞아 줄 검은 흙"은 무엇을 말하지? 플라타너스가 묻힐 땅을 말하는 건가?

은유 : 내 생각은, 플라타너스가 계속 자랄 비옥한 토양을 말하는 것 같은데.

김샘 : 여기서 "검은 흙"은 토양의 의미와 함께 새로운 동반자의 의미를 함축하고 있다고 볼 수 있어요.

은유 : 시의 화자가 플라타너스보다 먼저 죽는 상황이니까 자신을 대신할 새로운 동반자가 생겨날지 걱정하는 거네요.

명석 : 그럼 5연 4행 "나는 오직 너를 지켜 네 이웃이 되고 싶을 뿐"은 그 걱정과 함께 비록 나무보다 먼저 죽지만 자신도 계속 동반자로 남고 싶은 소망을 말하는 거겠어.

은유 : 그래! 그리고 "아름다운 별과 나의 사랑하는 창이 열린 길"은 그 소망이 이루어질 수 있는 공간이라고 보면 되겠어.

소화

차창룡 1994년

차내 입구가 몹시 혼잡하오니
다음 손님을 위해서 조금씩
안으로 들어가 주시기 바랍니다

승객 여러분
봄 여름 가을
입구에서 서성대고 계시는
승객 여러분
입구가 몹시 혼잡하오니 조금씩
안으로 들어가 주시기 바랍니다

갈* 봄 여름 없이
가을이 옵니다
다음 손님을 위해서 조금씩
겨울로 들어가 주시기 바랍니다

다음 정류장은 봄입니다

* 갈 가을

시 읽고 대화하기

은유 : 이 시는 만원 버스를 타면 나오는 방송 내용처럼 되어 있어.

명석 : 빨리 내리려고 하는 사람들이 안으로 들어가지 않아 버스 중간이 막혀 사람들로 꽉 끼이지.

은유 : 시인은 이런 버스를 타 본 경험이 많은 것 같아.

명석 : 그런데 버스 이야기에 '봄, 여름, 가을, 겨울'이 나오니까 뭔가 이상해. 버스와 계절이 어떤 관련이 있다는 거지?

은유 : 마지막 연에서 "다음 정류장은 봄입니다" 하는 것을 보면, '봄'을 정류장 이름으로 말하고 있어.

명석 : 그럼 버스가 '여름, 가을, 겨울' 정류장을 지나 '봄' 정류장으로 가는 것으로 생각하면 되겠네.

은유 : 그런데 3연에서 "조금씩 / 겨울로 들어가 주시기 바랍니다" 하잖아. 계절을 정류장으로 이해하려고 해도 다 이해되지 않아.

명석 : 음……. 이것은 버스의 뒷부분을 '겨울'로 표현한 것이 아닐까?

은유 : 그렇게 보면, 버스의 입구는 '봄'이야. 사람들은 '봄'으로 타고 '여름, 가을'에 서성대다가 '겨울'로 버스에서 내리는 거야.

명석 : 잠깐 정리해 보자. 여기서 계절 이름은 정류장을 나타내기도 하고 만원 버스의 앞, 중간, 뒷부분을 말하기도 한다는 거지.

은유 : 그런데 마지막에 버스가 '겨울' 정류장에 도착하면 종착점이니까 모든 사람이 내리고 차가 일정 시간 쉬어야 하는 것인데

왜 바로 '봄' 정류장이 나온다는 거지?

명석: 글쎄? 나도 그게 이상해.

김샘: '겨울' 정류장을 지나 '봄' 정류장이 나오죠. 이 버스의 노선은 원 모양으로 이루어져 종착점과 시발점이 따로 없는 순환 노선이라고 할 수 있어요. 이 버스는 빙글빙글 계속 도는 버스죠.

은유: 재미있는 버스네요. '봄, 여름, 가을, 겨울' 정류장을 빙글빙글 돌고 버스 안에서도 '봄, 여름, 가을, 겨울'로 들어가라고 방송하니 사람들이 재미있겠어요.

명석: 글쎄, 내가 보기에는 사람들이 헷갈릴 것 같은데.

은유: 그럴 수도 있겠어. 그런데 왜 제목을 "소화"라고 붙였지?

명석: 그러게? 제목을 '만원 버스'나 '순환 버스'라고 붙여도 될 것 같은데 말이야.

은유: 음……. 혹시 소화와 만원 버스가 닮았다고 본 것은 아닐까? 밥을 꾸역꾸역 먹고 배출하는 소화와 사람들이 꾸역꾸역 타고 내리는 만원 버스의 모습이 비슷하잖아.

명석: 그렇구나. 소화는 음식물을 순환시키는 것이고, 만원 버스는 사람을 순환시키는 거라고 할 수 있겠어.

은유: 정말 재미있는 제목이야.

김샘: 아마 시인은 만원 버스에서 시달리다가 '소화'라는 단어가 머리에 떠올라 이 시를 쓴 것 같아요. 시인은 만원 버스와 소화의 모습만을 연결하는 것이 아니고 한 가지 더 연결해요.

은유: 순환하는 것이라면, 계절이겠어요. 봄, 여름, 가을, 겨울로 빙글빙글 도니까요.

명석: 그래! 이 시는 순환하는 세 가지 모습을 멋있는 상상력으로 연결해 놓은 거야.

식사법

김 경 미 2006년

콩나물처럼 끝까지 익힌 마음일 것
쌀알 빛 고요 한 톨도 흘리지 말 것
인내 속 아무 설탕의 경지 없어도 묵묵히 다 먹을 것
고통, 식빵처럼 가장자리 떼어 버리지 말 것
성실의 딱 한 가지 반찬만일 것

새삼 괜한 짓을 하는 건 아닌지
제명에나 못 죽는 건 아닌지
두려움과 후회의 돌들이 우두둑 깨물리곤 해도
그깟것 마저 다 낭비해 버리고픈 멸치똥 같은 날들이어도
야채처럼 유순한 눈빛을 보다 많이 섭취할 것
생의 규칙적인 좌절에도 생선처럼 미끈하게 빠져나와
한 벌의 수저처럼 몸과 마음을 가지런히 할 것

한 모금 식후 물처럼 또 한 번의 삶,을
잘 넘길 것

130

시 읽고 대화하기

은유 : 이 시를 읽으면 마음이 찔리지 않니?

명석 : 왜?

은유 : 너는 달지 않으면 안 먹잖아.

명석 : 1연 3행을 보고 이야기하는 거지?

은유 : 그래, 단맛이 없더라도 인내를 갖고 끝까지 먹으래.

명석 : 사실 좀 찔리기는 해. 그런데 이 시는 음식 이야기만 하는 것 같지가 않아.

은유 : 맞아! 음식에 관련된 낱말과 함께 '인내', '고통', '성실'이란 말이 나와.

명석 : 그럼 이 시는 음식을 통해 삶의 자세를 이야기하는 건가?

은유 : 그런 것 같아. 3연에 "또 한 번의 삶"이란 표현도 나오잖아. 어떻게 살라는 건지 하나하나 살펴보자.

명석 : 1연 1행은 무얼 말하는지 알기 어려워. 콩나물은 요리할 때 끝까지 익혀야 하는 거니?

은유 : 수업 시간에 배웠을 텐데? 덜 익히거나 중간에 뚜껑을 자주 열면 비린내가 나서 먹기 힘들어.

명석 : 그렇구나. 그럼 "끝까지 익힌 마음"이란 비린내가 나지 않는 마음이야?

은유 : 그 말이 더 어려워! "끝까지 익힌 마음"이란 차분한 마음일 거야. 명석이 너처럼 덜렁거리지 않는 것을 말하는 거겠지.

131

명석 : 내가 뭘 어쨌다고……. 2행에는 밥 먹을 때 자세가 나와. "쌀알 빛 고요 한 톨도 흘리지 말 것"이라고 해. 낭비하지 말라는 거지?

은유 : 그런 것 같아.

김샘 : 여기서 "끝까지 익힌 마음"과 "쌀알 빛 고요"는 여러분이 말한 것처럼 생각할 수도 있지만 이렇게도 생각할 수 있어요. "끝까지 익힌 마음"은 '기다리는 마음, 성숙한 마음'으로, "쌀알 빛 고요"는 '조심성, 차분함'으로요.

은유 : 그렇게 여러 가지 뜻을 가지니까 삶에서 소중히 가꾸어야 할 것들이 더 많아지는 것 같아요.

명석 : 그런 것이 시를 읽는 즐거움이기도 하잖아.

은유 : 어라, 명석이가 그런 말을 할 때도 있네. 1연 4행 "고통, 식빵처럼 가장자리 떼어 버리지 말 것" 하는 부분은 마음을 찔끔하게 해. 사실 내가 이렇게 먹거든.

명석 : 이제야 숨겨 둔 잘못을 고백하는구나! 고통을 만나더라도 외면하지 말라는 거야.

은유 : 2연 3행에는 "두려움과 후회"란 시어가 나와. 1행의 "괜한 짓"에 대한 "두려움과 후회"인데 이것이 무엇일까? 어떤 나쁜 짓을 저질렀다는 건가?

명석 : 글쎄? 나쁜 짓까지는 아니더라도 장난 같은 게 아닐까?

은유 : 그렇지만 그건 2행의 "제명에나 못 죽는 건 아닌지"와 연결되지 않아서 아닌 것 같아.

김샘 : 시인이 말하는 "괜한 짓"이란 '새로운 것에 대한 도전'이라고 할 수 있어요. 도전하는 사람은 '성공할 수 있을까?', '실패하면 어떻게 될까?' 하는 두려움과 '내가 괜히 도전한 것은 아니었

을까?' 하는 후회의 마음을 갖게 되죠. 그래서 때로 좌절하기도 하고 죽음을 생각할 수도 있어요.

은유 : 그럼 2연에서 시인은 어려움을 극복하는 생활 태도를 말하는 거네요.

명석 : 2연 4행의 "멸치똥 같은 날들"이란 표현이 공감이 가. 공부를 한다고 했지만 성적은 안 나오고, 수업 시간에 딴짓하다가 선생님한테 혼나곤 할 때는 진짜 멸치똥 같은 날들이었어.

은유 : 그래, 하는 일마다 안 풀릴 때에는 내가 멸치똥처럼 느껴지기도 해.

명석 : 2연 5행 "야채처럼 유순한 눈빛을 보다 많이 섭취할 것"은 어려움에 부드럽게 대처하라는 말이지?

은유 : 그렇겠어. 사람들은 어려움에 부닥쳤을 때 화내고 절망하면서 과격하게 반응하는 경우가 많잖아. 그러다가 몸과 마음을 더 다칠 수 있다는 거지.

명석 : 이런 격언이 생각나. '강한 것은 쉽게 부러지지만 부드러운 것은 쉽게 부러지지 않는다.' 시인은 3연에서 부드러움을 다시 강조해.

은유 : 3연은 오늘 하루의 삶을 되돌아보며 하루를 잘 마무리하라는 말이기도 해.

명석 : 이 시는 제목이 '식사법'이지만 '살아가는 법'으로 바꾸어도 되겠어.

글러브

오은 2009년

너를 깊숙이 끼고
생을 방어한다

내 심장을 관통하고
다음 타자를 쑤시기 위해 떠났던
한 톨 낟알의 아픔이

덕지적지 덩이져
거대한 부메랑 되어 날아온단다
전속력으로 나를 찾아든단다

쳐 내지 못했으면 받아야 한다
피 묻은 혓바닥을 할딱거리며 돌진해 오는
저 또랑또랑한 형이상形而上*과

지금은 마주칠 시간

아가리를 부릅떠
당당 맞서라 맘껏 포효하라

넙죽 받아먹어라

쓸 것이다

시 읽고 대화하기

명석 : 박진감이 넘쳐. 마치 야구 경기를 구경하는 것처럼.

은유 : 네가 좋아하는 스포츠가 소재라서 흥미롭겠네.

명석 : 그래! 이 시는 다른 시보다 더 친근감이 느껴져.

은유 : 야구 경기를 통해 인생을 이야기하는 것이지?

명석 : 그렇지. 글러브로 공을 방어하지 못하면 점수를 내주어 힘들어지지. 인생도 마찬가지라는 거야.

은유 : 2연 3행을 보면 방어할 대상이 나와. "한 톨 낟알의 아픔"인 거야.

명석 : 그런데 1행에서 "내 심장을 관통하고"라는 것은 이미 내가 실패했다는 것 아닌가? 그렇다면 앞뒤가 맞지 않는데…….

은유 : 아니야! 3연까지 보면 앞뒤가 맞아. 이미 나를 아프게 했고 다른 사람을 아프게 하러 떠났던 아픔이 다시 "거대한 부메랑이 되어 날아온"다는 거야. 시인은 다시 찾아오는 이 아픔을 잘 방어하라는 것이지.

명석 : 두 번 다시 실수하지 말라는 거구나.

은유 : 그런데 아픔은 순서를 정해서 사람을 찾아가는 것이 아니잖아. 왜 "내 심장을 관통하고 / 다음 타자를 쑤시기 위해 떠났"다고 표현하지?

명석 : 그것은 아픔을 야구식으로 표현하려 했기 때문이야. 야구는 한 사람씩 상대를 하잖아.

은유 : 그렇구나. 그런데 아픔이 한 사람 한 사람 지날수록 더 커져. "한 톨 낟알"에서 "거대한 부메랑"으로. 조그만 아픔을 제대로 방어하지 못하면 더 큰 아픔이 된다는 것을 시각적으로 재미있게 표현하고 있어.

명석 : 야구식으로 말한다면, 시속 120킬로미터이던 공이 150킬로미터가 넘는 강속구로 날아오는 거라고 할 수 있어. 그리고 이것은 '마구'라고 해야겠어. 공이 아주 빠르게 회전해서 순간순간 올라갔다 내려갔다 반복하기 때문에 타자에게는 공포감을 주지. 그러니까 시의 화자는 첫 타석에서 삼진 아웃 당하고 두 번째 타석에서도 삼진 아웃 당할 위기에 놓인 거지.

은유 : 아! 그렇게 야구로 설명해 주니까 시의 내용이 또렷하게 들어오는걸. 그러면 4연 1행 "쳐 내지 못했으면 받아야 한다"는 무엇을 말하는 거야? 치지 못하면 죽을 수밖에 없다는 것인가?

명석 : 그것은 아니고, 안타를 치지 못하면 파울이라도 하라는 걸 거야. 계속 파울을 내면 죽지는 않거든. 그러다가 안타를 치면 되는 거지.

은유 : 그렇구나! 4연 2행의 "피 묻은 혓바닥을 할딱거리며"는 야구공에 비유하던 아픔을 맹수에 비유하여 매우 고통스러울 거라고 강조해.

명석 : 그런데 "또랑또랑한 형이상"이란 무엇을 말하는 거지?

은유 : 으, 그건 도저히 모르겠어.

김샘 : '형이상'이란 정신적인 것을 말하죠. 그러니까 시의 화자가 말하는 아픔이란 정신적 아픔이에요. 정신적 아픔을 "피 묻은 혓바닥 할딱거리며"라고 육체적 이미지로 표현하여 긴장감을 높이고 있어요.

은유 : 육체적 아픔보다 정신적 아픔이 더 견디기 힘들 거예요.

명석 : 6연에서 시의 화자는 아픔과 당당히 맞서고 포효하라고 해.

은유 : "넙죽 받아먹어라"는 표현이 재미있어. 아픔을 넙죽 먹으라니, 자신감을 가지라는 거겠지?

명석 : 그래, 용기를 가지라는 거야. 마지막 표현 "쓸 것이다"도 멋있고 박력 있어.

은유 : 넙죽 받아먹은 아픔이 쓸 것이라는 말이지?

명석 : 그렇지. 맛은 쓰지만 아픔을 참으라는 거야.

김샘 : 여기서 '쓰다'는 '쓴맛'이란 뜻도 있지만 '사용하다'라는 뜻으로도 볼 수 있어요. 이처럼 두 가지 의미를 겹치게 표현하는 것을 동음이의어법*이라고 해요. 그럼 '사용하다'라는 뜻이라면 "쓸 것이다"는 어떤 의미일지 생각해 봐요.

은유 : 이것은 아픔을 사용하라는 말인 것 같은데 어떻게 아픔을 사용하지?

명석 : 이 뜻이 아닐까? 아픔을 잘 이겨 내면 더욱 성숙하고 강해진다는 것.

은유 : 그래! '고생 끝에 낙이 온다.'는 속담도 있어.

---

* 동음이의어법   소리가 같고 뜻이 다른 낱말이나 어구를 최대한 살려 한꺼번에 두 가지 의미를 노리는 수사법을 말한다. 중의적 표현의 일종이다. 은유법이 의미의 유사성에 무게를 싣는다면, 동의이의어법은 어디까지나 소리의 유사성에 무게를 둔다.

별

김 승 희 2006년

별
에서
ㄹ이
떨어져서
무릎 같은 ㄹ이 떨어져서
땅에 내려와서
논에 들어가
벼가
되어서
벼로 패어서*

일하는 농부의 다리
힘들어서
꺾어져서
주저앉아서
겹친 다리
꺾인 무릎
ㄹ이 되어서
벼를 모시고 쉬는데

때
그런 때
벼가
별이 되어서

* 패어서 곡식의 이삭이 나와서.

은유 : '별'이란 글자에서 'ㄹ'을 떼어 냈어.

명석 : 별에서 떨어진 'ㄹ'이 무릎 같다고 하는데 왜지?

은유 : 그것은 사람이 꿇어앉아 있는 모양을 생각하면 될 것 같아.

명석 : 그럼, 별에서 'ㄹ'이 떨어지면 별이 벼가 된다는 것인데 이건 왜지?

은유 : 간단해. 글자 모양이 같아지기 때문이야.

명석 : 뭔가 부족해! 'ㄹ'과 무릎은 모양만 같으면 되니까 이해할 수 있지만, 'ㄹ'이 떨어진 별이 벼가 되는 것은 글자 모양만 같다고 되는 게 아니잖아. 내용이 비슷해져야지.

은유 : 생각해 보니 그러네. 별이 벼가 되기 위해서는 뭔가 비슷한 의미가 있어야 한다는 것이지?

명석 : 그래. 그런데 그 의미를 찾지 못하겠어.

김샘 : 이 시는 '별'을 '벼'와 'ㄹ'로 해체하고 있는데 글자를 해체하는 것을 '파자破字라고 해요. 시인은 파자를 이용해 시를 만들고 있죠. 여러분이 궁금해하는 것은 이렇게 생각해 봐요. 별과 벼가 어떤 느낌과 의미를 함축하고 있는지 말이에요. 먼저 '별' 하면 어떤 느낌이 떠오르나요?

명석 : '별' 하면 떠오르는 것은 '빛나는 것', '소중한 것', 이런 느낌이에요. 흔히 '스타 연예인', '별과 같은 존재'라는 말을 쓰잖아요.

은유 : 그렇게 생각한다면, 벼는 우리의 주식이니까 '우리에게 없어선 안 될 소중한 음식'이란 뜻이겠어요.

명석 : 이제 연결이 돼! 별이 벼가 되는 것은 글자 모양만 같아서가 아니고 사람에게 소중한 것이란 느낌도 주기 때문이야! 하늘의 소중함이 내려와서 땅의 소중함이 되는 것이지.

은유 : 하늘의 소중함이 땅의 소중함으로 된다니, 멋있어! 2연은 반대로 벼가 별이 되고 있어.

명석 : 농부의 무릎 'ㄹ'이 벼에 붙을 때 별이 되는 이야기야.

은유 : 벼에 'ㄹ'이 붙는 과정이 매우 힘들어.

명석 : 그래. 2연에 보면 농부의 다리가 힘들고, 꺾이고, 주저앉고, 겹친 다리로 벼를 모시고 쉴 때 별이 된다고 해. 그런데 "벼를 모시고 쉬는" 것은 무슨 뜻이지?

은유 : 별다른 의미를 갖지 않는 것 같아. 단지 지치니까 쉬는 게 아닐까?

명석 : 그러면 다음에 나오는 "벼가 / 별이 되어서"라는 표현과 연결이 잘 안 돼.

은유 : 그러네. 쉬니까 별이 된다는 뜻이 되어 내용이 이상해지네.

김샘 : 이것을 생각해 봐요. 배고파서 밤하늘을 쳐다보면 하늘에 떠 있는 수많은 별들이 먹고 싶은 밥알처럼 보인다고 해요. 어려운 시절에는 밥알 같은 별을 보며 허기를 달랬죠. 이렇듯 별과 벼는 사람들에게 따뜻한 위안을 줘요.

명석 : 잘 자란 벼는 고생한 농부에게 따뜻한 위안이 된다는 것이네요.

은유 : 그렇다면 2연에는 농부가 잘 자란 벼에게서 위안을 받을 때 벼는 별이 된다는 뜻이 있겠어.

명석 : 시의 내용을 정리하면, 시인은 고생하는 농부에게 위안이 되는 별과 벼를 파자를 이용해서 노래하는 것이라고 하겠어.

은유 : 역시 정리를 잘해! 그에 더해 'ㄹ'자는 고생하는 농부의 모습을 나타내는 시각적인 기호라고 하면 더 좋겠어.

명석의 시 노트

이 시는 정말 재미난 방법으로 쓴 것 같다. 'ㄹ'자를 스프링으로 생각해도 재미있겠다. 별에서 스프링 'ㄹ'이 떨어져서 벼가 되고, 다시 벼에 붙은 스프링 'ㄹ'이 하늘로 튕겨 오르면서 벼가 별이 되는 거다. 이때 스프링은 벼를 소중히 여기는 농부의 마음이다.

노모 老母

문 태 준 2006년

반쯤 감긴 눈가로 콧잔등으로 골짜기가 몰려드는 이 있
지만

나를 이 세상으로 처음 데려온 그는 입가 사방에 골짜기
가 몰려들었다

오물오물 밥을 씹을 때 그 입가는 골짜기는 참 아름답다

그는 골짜기에 사는 산새 소리와 꽃과 나물을 다 받아먹
는다

맑은 샘물과 구름 그림자와 산뽕나무와 으름덩굴을 다 받
아먹는다

서울 백반집에 마주 앉아 밥을 먹을 때 그는 골짜기를 다
데려와

오물오물 밥을 씹으며 참 아름다운 입가를 골짜기를 나에
게 보여 준다

144

시 읽고 대화하기

명석 : 우리 할머니 얼굴이 떠올라. 우리 할머니도 밥을 먹거나 말을 할 때 주름이 막 움직여.

은유 : 전에 텔레비전에서 이런 할머니를 본 적이 있어. 시장에서 채소를 파는 할머니였는데 얼굴 가득 주름 있는 것이 특이했어.

명석 : 움직이는 주름을 보면 지렁이 같은 느낌이 들었는데, 시인은 주름을 골짜기로 표현해.

은유 : 골짜기로 표현하니까 주름이 크게 패어 있다는 느낌이 들어. 그런데 시의 화자는 어머니를 아주 오래간만에 만난 것 같아.

명석 : 그걸 어떻게 알 수 있어?

은유 : 그런 표현은 없지만, 어머니 얼굴을 아주 자세히 살피고 있어. 그것은 오랜만에 만났을 때 하는 행동이잖아.

명석 : 그렇다면 시의 화자는 어머니를 지극히 생각하나 봐.

은유 : 시의 화자는 우리 아빠와 비슷한 40대일 거야. 그리고 농촌에서 자랐는데 지금은 서울에서 살고 있어.

명석 : 6행의 "서울 백반집에 마주 앉아 밥을 먹을 때"를 보고 그러는 거지? 어머니가 오랜만에 서울에 와서 아들과 함께 밥을 먹어. 시인은 밥 먹는 어머니 얼굴을 보며 시를 쓰고.

은유 : 2행에는 재미있는 표현이 있어. 어머니를 "나를 이 세상으로 처음 데려온 그"라고 정의해.

명석 : 4행 "그는 골짜기에 사는 산새 소리와 꽃과 나물을 다 받

아먹는다"는 무엇을 말하는 거지?

은유 : 글쎄? 할머니들 식사할 때 보면 밥알이 입가 주변의 주름에 가끔 묻잖아. 그걸 오물오물하면서 다시 입안으로 받아먹는 모습을 나타낸 것이 아닐까?

명석 : 그렇다고 입 주변에 묻은 음식물을 '산새 소리'나 '꽃'으로 표현한 것은 너무 고상한 것 같은데?

김샘 : 4행의 "골짜기"는 주름을 의미하는 비유적 표현이 아니고 사전의 뜻인 '산골짜기'로 생각하면 돼요. 어머니가 사는 화자의 고향엔 '산골짜기'가 있는 거죠. 거기에는 '산새 소리'와 '샘물'과 '으름덩굴'이 있어요. 어머니는 밭만이 아니고 산에 가서 먹을 것들을 채취해 음식을 만들어 먹이며 자식을 키웠을 거예요.

명석 : 그럼, 4~5행은 '산골짜기' 근처에서 살아온 어머니의 삶을 말하는 것이네요. 시인이 주름을 '골짜기'로 표현한 이유를 알겠어요.

은유 : 맞아! 주름에는 그 사람이 살아온 역사가 담겼다고 하지.

명석 : 6~7행의 "골짜기"는 두 가지 의미를 다 가지는 것으로 보면 되겠어. '주름'이기도 하고, '고향'이기도 하고.

은유 : 오늘 집에 가면 엄마 얼굴을 자세히 살펴봐야겠어. 주름이 얼마나 있는지, 있다면 어떤 모양인지.

김샘 : 이 시는 대상을 그림으로 보여 주듯이 표현하는 묘사의 방법을 사용해요. 얼굴 주름을 산새, 꽃, 나무가 어울리는 아름다운 골짜기로 나타내죠. 시인의 묘사에서 어떤 느낌이 드나요.

명석 : 할머니가 자식을 키우느라 애쓰신 모습이 바로 눈앞에 보이는 듯해요.

은유 : 할머니의 주름이 친근하고 따뜻하게 느껴져요.

가정

박 목 월 1964년

지상에는
아홉 켤레의 신발.
아니 현관에는 아니 들깐*에는
아니 어느 시인의 가정에는
알전등*이 켜질 무렵을
문수*가 다른 아홉 켤레의 신발을.

내 신발은
십구문반.
눈과 얼음의 길을 걸어,
그들 옆에 벗으면
육문삼의 코*가 납짝한
귀염둥아 귀염둥아
우리 막내둥아.

미소하는
내 얼굴을 보아라
얼음과 눈으로 벽을 짜 올린
여기는

지상.
연민한* 삶의 길이여.
내 신발은 십구문반.

아랫목에 모인
아홉 마리의 강아지야
강아지 같은 것들아.
굴욕과 굶주림과 추운 길을 걸어
내가 왔다.
아버지가 왔다.
아니 십구문반의 신발이 왔다.
아니 지상에는
아버지라는 어설픈 것이
존재한다.
미소하는
내 얼굴을 보아라.

* 들간 국어 사전에는 기록되지 않은 낱말로, 마당 또는 현관을 일컫는 것으로
추정됨.
* 알전등 알전구를 말하며, 흰빛과 열을 내는 둥근 전등. 요즘은 거의 사용하지
않음.
* 문수 예전에 신발 크기를 나타내는 단위. 1문은 약 24밀리미터임.
* 코 버선이나 고무신의 앞 끝.
* 연민한 불쌍하고 딱하게 여기는.

시 읽고
대화하기

명석 : 사람을 신발로 나타냈어. 재미있는 표현이야.

은유 : "문수가 다른 아홉 켤레의 신발"이란 자식이 아홉 명이나 된다는 거지? 우리 아빠 형제분이 여섯인데 그보다 더 많아.

명석 : 여기서 '문수'는 신발 크기를 말하는 것 같은데, 어느 정도 크기일까?

김샘 : 발표 연도로 미루어 보면 이 시의 배경은 1960년대 초반이에요. 당시는 '베이비 붐'이 일어나서 자식을 많이 낳던 시절이죠. '문수'는 이 시대에 신발 크기의 단위로 쓰였어요. 1문은 약 24밀리미터예요. 그리고 '알전등'도 당시에 쓰던 말이에요.

명석 : 그럼 '육문삼'은 약 150밀리미터 정도 되네. '십구문반'은 어느 정도지?

은유 : 그거야 곱셈을 해 보면……. 억! 이렇게 클 수가? 460밀리미터가 넘어.

명석 : 말이 안 되잖아? 거인이 등장하는 이야기도 아니고.

김샘 : 이것은 실제 크기가 아니고 시의 화자인 아버지의 신발이 가족 가운데 가장 크다는 것을 강조하는 표현이에요. 여기에는 자식에 대한 아버지의 어떤 마음이 담겨 있는지 생각해 봐요.

은유 : '십구문반'에는 아버지의 마음이 담겨 있다는 건데, 그럼 하나하나 살펴볼까? 1연은 저녁 무렵 현관의 모습이야.

명석 : 2연은 십구문반이 "눈과 얼음의 길을 걸어" 집에 오면 막

내가 반긴다는 거야.

은유 : "눈과 얼음의 길"이 실제로 추운 겨울철의 길을 말하는 것은 아니지?

명석 : 그렇지. 4연의 "굴욕과 굶주림과 추운 길"과 연결하면, 힘든 직장 생활을 비유적으로 표현한 것으로 봐야겠지.

은유 : 3연에서는 힘든 생활이지만 막내가 반기니까 "미소하는 / 내 얼굴을 보아라" 하며 웃어. 그렇지만 "연민한 삶의 길이여 / 내 신발은 십구문반"에서는 다시 자신을 불쌍히 여겨.

명석 : 4연에서는 "굴욕과 굶주림과 추운 길을 걸어" 집에 와서는 "내가 왔다 / 아버지가 왔다 / 아니 십구문반의 신발이 왔다"며 자신이 왔다는 것을 세 번이나 말해. 아마 이렇게 반복해서 말하는 것은 굴욕스럽지만 자식들에게는 자신감을 보이려는 것 같아.

은유 : 그래, 자신감 같은데 바로 다음에 보면 "아버지라는 어설픈 것이"라고 자신을 낮추어 말해. 그러면서 마지막에는 다시 "미소하는 / 내 얼굴을 보아라"고 말해.

명석 : 아버지의 마음은 오락가락해. 힘겨워하다가 자신감을 보이고, 그러다가 어설프다고 말하고, 다시 미소 지어.

은유 : 그래, 정말 헷갈려. 그렇지만 "미소하는 / 내 얼굴을 보아라"가 맨 마지막에 나오는 표현이니까 이것에 초점을 맞추어 생각하면 어떨까?

명석 : 그래. 생활은 힘들지만 가족을 돌보려는 것이니, 가장으로서 어떤 책임감 같은 걸 나타내는 것이 아닐까?

은유 : 그래, 책임감이 맞겠어.

명석 : 그런데 이 시의 표현을 보면 '아니'라는 낱말을 반복하고 있어. 1연에서 "아니 현관에는 / 아니 들깐에는 / 아니 어느 시인

의 가정에는" 하고 세 번, 4연에서는 "아니 십구문반의 신발이
왔다 / 아니 지상에는" 하고 두 번 반복해. '아니'는 부정하는 말
인데 여기서는 그게 아닌 것 같아.

은유 : '아니'가 반복되니까 시가 부드럽게 읽히기는 하는데, 이
것은 어떤 역할을 하는 걸까?

김샘 : 이 시는 같은 내용을 표현만 조금씩 달리해 반복하면서 운
율감을 형성하고 뜻을 강조하는 특징이 있어요. '아니'의 쓰임도
그렇지요. '아니'는 표현만 부정하고 내용은 부정하지 않으면서
반복하는 것이에요.

명석 : 그렇군요. 그럼 "현관", "들깐", "가정"을 반복하는 것도
'집'이라는 뜻을 표현만 달리하는 것이네요.

은유 : "눈과 얼음의 길", "연민한 삶의 길", "굴욕과 굶주림과 추
운 길"도 '아니'가 쓰이지는 않지만 이런 표현 특징의 하나라고
할 수 있겠어.

은유의 시 노트

신발 상태를 보면 그 신발의 주인이 살아온 생애를 알 수 있다고 한
다. 먼지 않고 해어진 신발, 깔끔하고 단정한 신발, 한쪽만 닳은 신발
을 보면 주인의 처지를 알 수 있다는 것이다. 이 시에서는 신발의 크
기를 말하면서 자신의 처지와 책임감을 나타내는 것이 특이하다.

감나무

이 재 무 1996년

감나무 저도 소식이 궁금한 것이다.
그러기에 사립* 쪽으로는 가지도 더 뻗고
가을이면 그렁그렁 매달아 놓은
붉은 눈물
바람결에 슬쩍 흔들려도 보는 것이다.
저를 이곳에 뿌리박게 해 놓고
주인은 삼십 년을 살다가
도망 기차를 탄 것이
그새 십오 년인데……
감나무 저도 안부가 그리운 것이다.
그러기에 봄이면 새순도
담장 너머 쪽부터 내밀어 틔워 보는 것이다.

---

* 사립 사립문. 잡목의 가지로 엮어서 만든 대문.

시 읽고 대화하기

명석 : 주인이 "도망 기차"를 타고 간 것으로 보아 좋지 않은 일이 있었던 것 같아.

은유 : 혹시 전쟁을 피해 도망을 간 건가?

명석 : 그럴 수도 있을 것 같네.

김샘 : 주인이 기차를 타고 도망을 간 것은 전쟁 때문은 아니에요. 전쟁을 피해 타는 기차는 '피난 기차'라고 해요. 여기서는 농촌의 경제적 어려움 때문에 생겨나는 빈집들을 생각해 봐요.

명석 : 농촌에서 빚에 시달리다 도망가는 이야기를 전에 들은 적이 있어요. 가족을 데리고 밤에 몰래 기차를 타고 대도시로 도망을 간다고 해요.

은유 : 8~9행의 "도망 기차를 탄 것이 / 그새 십오 년"이라는 표현을 보면 주인은 살기가 계속 힘든 모양이야. 십오 년 동안 고향에 내려오지 못하는 처지인 거지.

명석 : 10행 "감나무 저도 안부가 그리운 것이다"를 보면 주인을 지금도 기다리는 것인데, 도망간 주인을 왜 기다리는 거지?

은유 : 6~7행을 보면 알 수 있어. "저를 이곳에 뿌리박게 해 놓고 / 주인은 삼십 년을" 함께 살아온 거지. 삼십 년 동안 주인은 감나무를 애지중지 가꾸었을 거야.

명석 : 그래도 주인은 몰래 도망을 가 버렸고 십오 년 동안 소식 하나 없잖아.

은유 : 주인이 도망을 간 것은 감나무가 싫어서 간 것이 아니잖아. 그리고 고향에 오고 싶지만 지금도 돈에 쪼들리니까 못 오는 거겠지.

명석 : 어쨌든 주인을 기다리는 감나무의 심정이 매우 애틋해.

은유 : 그래, 그 심정이 3~4행의 "그렁그렁 매달아 놓은 / 붉은 눈물"에 잘 표현되어 있어.

명석 : 이 표현 참 멋있어. 감과 눈물은 모양만 비슷한 것이 아니야. 빨갛게 익은 감이 감나무의 결정체인 것처럼 눈물도 슬픔의 결정체인 거지.

은유 : 야, 해석도 멋있다. 감나무에 매달린 커다란 감은 풍성한 느낌을 주잖아. 그런데 그것을 슬픔으로 표현하니 슬픔이 더 커진 느낌이 들어.

명석 : 5행 "바람결에 슬쩍 흔들려도 보는 것이다"는 무엇을 말하는 것 같니?

은유 : 바람결을 주인의 소식으로 느껴 감이 설레어하는 것을 표현한 것 같아. 2행에 보면 그 설렘으로 인해 감나무는 "사립 쪽으로는 가지도 더 뻗"어.

명석 : 그러고 보면 마지막 행도 그래. 주인이 올까 감나무는 "새 순도 / 담장 너머 쪽부터 내밀어 틔워 보"잖아. 그런데 감나무의 모습을 보고 이렇게 느끼는 사람은 누굴까?

은유 : 이 시의 화자는 옆집에 사는 사람이 아닐까? 아마 주인과도 친했고 사정도 잘 아는 사람일 거야.

명석 : 글쎄, 나는 마을에 들렀다가 감나무 혼자 지키고 있는 빈집을 우연히 발견한 사람일 거라고 생각해. 빈집 주인의 경제적 어려움을 상상한 거지.

은유 : 마을 사람이 아니라면 주인이 삼십 년을 살다가 도망 기차 타고 간 지 십오 년이 되었다는 것은 어떻게 알 수 있지?

명석 : 그것은 상상할 수도 있어. 주인을 그리워하는 감나무 모습도 상상한 걸 거야.

은유 : 상상만으로 이렇게 시를 만들 수 있을까? 이 시는 주인을 보고 싶어 하는 감나무의 애틋한 마음을 옆집 사람이 사실적으로 나타낸 거야. 상상이라면 빨간 감을 "붉은 눈물"로 생각한 정도일 거야.

김샘 : 여러분이 지금 논쟁하는 '시의 화자란 누구냐?'는 어느 것이 옳다고 단정 지을 수 없어요. 둘 다 그 나름대로 합당한 근거가 있어요. 시의 화자를 누구로 보는가에 따라 시 감상이 조금 달라질 수 있으니 그걸 생각해 봐요.

은유 : 그럼 각자의 판단에 따라 감상해 보자. 시의 화자를 옆집 사람으로 보면 시의 사실감을 느낄 수 있어.

명석 : 시의 화자를 우연히 감나무를 본 사람이라고 보면 상상력의 재미를 느낄 수 있어.

가난한 사랑 노래
—이웃의 한 젊은이를 위하여

신경림 1988년

가난하다고 해서 외로움을 모르겠는가.
너와 헤어져 돌아오는
눈 쌓인 골목길에 새파랗게 달빛이 쏟아지는데.
가난하다고 해서 두려움이 없겠는가.
두 점을 치는* 소리
방범대원의 호각 소리 메밀묵 사려 소리에
눈을 뜨면 멀리 육중한 기계 굴러가는 소리.
가난하다고 해서 그리움을 버렸겠는가.
어머님 보고 싶소 수없이 뇌어* 보지만
집 뒤 감나무에 까치밥으로 하나 남았을
새빨간 감 바람 소리도 그려 보지만.
가난하다고 해서 사랑을 모르겠는가.
내 볼에 와 닿던 네 입술의 뜨거움
사랑한다고 사랑한다고 속삭이던 네 숨결
돌아서는 내 등 뒤에 터지던 네 울음.
가난하다고 해서 왜 모르겠는가
가난하기 때문에 이것들을
이 모든 것들을 버려야 한다는 것을.

156

시 읽고
대화하기

은유 : 가난 때문에 애인과 헤어진다니 얼마나 마음이 아플까.

명석 : 이해할 수 없어! 가난하다고 해서 왜 헤어져야 하지?

은유 : 텔레비전 드라마 같은 데서 돈 때문에 헤어지는 경우를 본 적이 없니?

명석 : 어떤 경우인데?

은유 : 남자가 가난해서 결혼하면 고생한다고 여자 쪽 집안에서 반대를 해 헤어지는 경우 말이야.

명석 : 오히려 어렵지만 사랑으로 이겨 내어 결혼하는 경우도 있어. 이 젊은이는 그만큼 사랑과 용기가 모자란 것 아닌가?

은유 : 그렇게 생각할 수도 있지만, 그럴 수밖에 없는 상황이 있겠지.

명석 : 어떤 상황?

은유 : 시 속에 그런 상황들이 나오는 것 같은데, 낯선 낱말들 때문에 시의 화자가 겪는 구체적인 상황을 알기가 힘들어.

명석 : 낯선 낱말이라면 5~6행의 "두 점을 치는 소리 / 방범대원의 호각 소리"를 말하는 거지?

김샘 : 이 시는 구체적인 시대 배경이 있어요. "두 점을 치는 소

＊ 두 점을 치는 밤 두 시를 알리는.
＊ 뇌다 같은 말을 자꾸 되풀이해서 말하다.

리", "방범대원의 호각 소리"는 밤 12시부터 새벽 4시까지 통행 금지를 실시하던 1970년대의 사회 모습을 나타내요. 그리고 7행의 "육중한 기계 굴러가는 소리"는 1970년대에 한창 공업화가 진행되면서 커다란 공장들이 들어선 모습을 말하죠.

은유 : 그럼 젊은이의 처지는 "육중한 기계 굴러가는 소리"에서 알 수 있겠어요.

명석 : 그래, 공장 근처에서 사는 가난한 젊은이겠어.

은유 : 아마 공장에 다니는 노동자일 거야. 그리고 9행의 "어머님 보고 싶소"라는 표현에서 가족과 떨어져 혼자 살고 있음을 알 수 있어.

명석 : 그런데 왜 가족과 떨어져 사는 거지?

은유 : 집 근처에는 공장이 없었던 모양이지.

명석 : 그걸 어떻게 알 수 있어?

은유 : 글쎄……. 정확한 근거를 말하기는 힘들어. 다음 10행에 "집 뒤 감나무에 까치밥으로 하나 남았을"이라고 집에 대한 이야기가 나오기는 하지만…….

김샘 : 1970년대에는 농촌의 많은 젊은이들이 돈을 벌기 위해 고향을 떠나 공장이 들어선 대도시로 몰려들었어요. 이 시의 젊은이도 바로 그런 처지인 거죠. 젊은이의 고향이 농촌이란 것을 시에서는 "집 뒤 감나무"에 대한 이야기로 간접적으로 말해요. 그리고 그때는 오랜 시간 야근을 하는 등 노동 환경이 매우 형편없었어요.

명석 : 젊은이가 놓인 상황을 이렇게 정리할 수 있겠어요. 젊은이는 가난해서 힘들게 공장 일을 하고 있고, 사랑하는 사람과 헤어지고 오랫동안 고향에도 가 보지 못한 거예요.

은유 : 그래. 젊은이는 가난 때문에 애인과 헤어졌을 뿐만 아니라 여러 가지 힘든 상황에 놓인 거지.

명석 : 그 아픈 심정이 마지막의 "가난하기 때문에 이것들을 / 이 모든 것들을 버려야 한다는 것을"이라는 표현에 집약되어 있어.

은유 : 그리고 그 심정을 설의법을 사용하여 강하게 표현해. 그래서 호소력을 느낄 수 있어.

명석 : 그래 "가난하다고 해서 ~모르겠는가"라는 설의법을 일정한 간격을 두고 반복해. 이것 때문에 이 시는 운율감이 살아나기도 해.

은유 : 그런데 명석아, 너는 이런 경험이 있니?

명석 : 어떤 경험?

은유 : 가난에 대한 경험이나 사랑하는 사람과 헤어진 경험.

명석 : 아직…… 없어. 너는?

은유 : 나도 그렇지. 책이나 텔레비전을 통해서 간접 경험을 할 뿐이야. 시와 비슷한 경험을 겪은 사람이 읽으면 지금 우리의 느낌과 달리 아주 가슴 깊이 와 닿을지도 몰라.

명석 : 그래, 시를 감상하는 데 경험의 폭이 중요할 거야.

은유의 시 노트

이 시의 젊은이는 그후에 힘든 상황을 극복했을까? 그랬으면 좋겠다. 마지막의 "이 모든 것들을 버려야 한다는 것을"에서는 왠지 모든 것들을 버릴 수 없다는 의지가 숨어 있는 것 같다.

귀뚜라미

황 동 규 1993년

베란다 벤자민 화분 부근에서 며칠 저녁 울던 귀뚜라미가
어제는 뒤켠 다용도실에서 울었다.
다소 힘없이.
무엇이 그를 그곳으로 이사 가게 했을까.
가을은 점차 쓸쓸히 깊어 가는데?
기어서 거실을 통과했을까,
아니면 날아서?
아무도 없는 낮 시간에 그가 열린 베란다 문턱을 넘어
천천히 걸어 거실을 건넜으리라 상상해 본다.
우선 텔레비전 앞에서 망설였을 것이다.
저녁마다 집 안에 사는 생물과 가구의 얼굴에
한참씩 이상한 빛 던지던 기계.
한번 날아올라 예민한 촉각으로
매끄러운 브라운관 표면을 만져 보려 했을 것이다.
아 눈이 어두워졌다!
손 헛짚고 떨어지듯 착륙하여
깔개 위에서 귀뚜라미잠을 한숨 잤을 것이다.
그리곤 어슬렁어슬렁 걸어 부엌에 들어가
바닥에 흘린 찻물 마른 자리 핥아 보고

뒤돌아보며 고개 두어 번 끄덕이고
문턱을 넘어
다용도실로 들어섰을 것이다.
아파트의 가장 외진 공간으로……

……오늘은 그의 소리가 없다.

시 읽고
대화하기

은유 : 이 시는 '귀뚜라미'가 제목이지만 귀뚜라미에 대한 이야기 같지가 않아. 귀뚜라미가 베란다에서 울다가 다용도실로 이사 가서 운다는 것은 사람이 큰 집에서 작은 집으로 옮겨 가는 것을 말하는 게 아닐까?

명석 : 내가 보기에는 사람처럼 나타내긴 했지만 귀뚜라미 이야기 같은데. 물론 이사 가는 말이 나오지만, 마지막 행에 보면 "……오늘은 그의 소리가 없다"는 것은 귀뚜라미가 죽었다는 거야. 사람이 작은 집으로 이사 갔다고 죽을 리는 없잖아.

은유 : 그것만 갖고 귀뚜라미가 죽었다고 말하기는 힘들 것 같아.

명석 : 5행에 보면 "가을은 점차 쓸쓸히 깊어 가는데"라는 표현에서 정확히 알 수 있어. 가을이 지나면 귀뚜라미가 죽는 것은 자연의 법칙이지.

은유 : 좋아. 그렇다면 귀뚜라미 이야기로 시를 감상해 보자. 이 시의 화자는 어떤 사람이라고 생각하니?

명석 : 시의 화자는 아파트에 살고 있으며 8행의 "아무도 없는 낮 시간에"라는 표현으로 보아 낮에는 일하러 나가는 사람일 거야.

은유 : 그런데 퇴근해서 보니 베란다에서 들리던 소리가 다용도실에서 들리니까 이상하게 생각한 거지.

명석 : 그렇지. 시의 화자는 귀뚜라미가 베란다에서 다용도실로 어떻게 갔는지 궁금해해. 다용도실로 건너가는 모습을 상상하는

내용이 6~22행에 걸쳐 나와. 그것이 이 시의 대부분을 차지하는데, 표현이 참 재미있어.

은유 : 11~12행 "저녁마다 집 안에 사는 생물과 가구의 얼굴에 / 한참씩 이상한 빛 던지던 기계"는 무엇을 말하는 거니?

명석 : 귀뚜라미의 입장에서 텔레비전을 말하는 걸 거야.

은유 : 재미나게 말하는걸.

명석 : 재미있는 것은 그것만이 아니야. 귀뚜라미가 텔레비전을 만지려다 손을 헛짚는 장면이 그렇고, 깔개 위에서 한숨 자고 부엌 바닥에 흘린 찻물을 핥아 보는 장면도 사람을 웃게 만들어.

은유 : 15행 "아 눈이 어두워졌다"는 무엇을 말하는 거야?

명석 : 텔레비전에서 나오는 빛 때문에 눈이 멀었다는 게 아닐까?

은유 : 글쎄……. 낮에는 텔레비전을 켜 놓지 않을 텐데.

김샘 : 사람도 나이가 들면 눈이 어두워지죠. "아 눈이 어두워졌다"는 것은 귀뚜라미의 기력이 약해졌다는 것으로 이해할 수 있어요. 가을이 깊어 가면 귀뚜라미는 더 이상 왕성하게 행동할 수 없는 것이죠.

은유 : 귀뚜라미가 베란다에서 다용도실로 이사 간 이유를 알겠어요. 그게 계속 궁금했는데.

명석 : 기력이 약해지니까 그래도 조금 따뜻한 곳으로 찾아갔다는 것이지. 그나마 따뜻한 곳으로 갔지만 더 이상 추위를 견디지 못하고 거기에서 최후를 맞이했어.

은유 : 그런데 20행 "뒤돌아보며 고개 두어 번 끄덕이고"는 어떤 행동이야?

명석 : 그냥 단순한 행동 아닌가?

은유 : 만약 인간의 행동으로 보면 어떤 의미가 있지 않을까?

명석 : 그렇다면 자신이 어떻게 살아왔는지 천천히 돌아보며 정리하는 행동이라는 거니?

은유 : 그렇지. 죽음을 앞두고 자신의 생애를 정리하는 것이지. 그래서 이 시는 단순히 귀뚜라미의 죽음을 노래한 시 같지가 않은 거야. 귀뚜라미의 모습이 인간의 모습과 너무나 닮았잖아.

명석 : 그럼 이 시는 인간의 어떤 모습을 말하는 거야?

은유 : 글쎄? 그것까지는 모르겠어.

김샘 : 이것을 알기 위해 시의 화자의 심리를 생각해 봐요. 귀뚜라미 소리가 베란다에서 들리다가 다용도실에서 들리는 것을 무심코 지나쳐 버리지 않아요. 화자가 깊은 관심을 갖고 귀뚜라미의 움직임을 상상하는 것은 무엇 때문일까요?

명석 : 아마 귀뚜라미의 처지가 왠지 시의 화자와 비슷하게 느껴졌던가 봐요. 자신도 언젠가 늙으면 귀뚜라미처럼 죽음을 맞이할 수 있다는 것이겠죠.

은유 : 그러고 보니 23행의 "아파트의 가장 외진 공간"이란 구절은 소외를 떠올리게 해. 귀뚜라미처럼 시의 화자도 외진 공간으로 자꾸 소외되는 상황에 놓여 있나 봐.

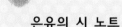

은유의 시 노트

이 시는 앞에서 읽은 「수라」와 엮어 읽을 수 있겠다. 둘 다 시의 화자의 처지를 다른 사물에 투영해서 나타낸다. 「수라」는 가족과 헤어진 처지를 '거미 가족'의 모습에, 「귀뚜라미」는 소외의 문제를 '귀뚜라미'의 생애에 비추어 표현한다.

광합성

이 문 재 2004년

봄밤
바람 한 올 없는데
활엽의 여린 것들
바르르 떨고 있다
세상에 처음 나온 것들
파르르 파르르
치를 떨고 있다

소쩍새* 소리가 따끔한가
젖빛 열엿새 달빛이 느꺼운가*
뿌리들이 밀어 올리는
물맛이 시린가 싶었는데
봄밤
이런, 휴대폰이 울린다

저런, 전자파가 저 여린 것들을
뚫고 지나가는 것이었구나
천지사방에서 전자파가
난반사하는 것이었구나

봄밤
고스란히 노출되어 있었구나

시 읽고 대화하기

명석 : 휴대폰에서 나오는 전자파를 소재로 한 시야.

은유 : 전자파가 위험하다고 하는데 구체적으로 어떤 위험이지?

명석 : 자세히는 모르지만, 오랫동안 통화하면 뇌에 나쁜 영향을 준다는 말을 들은 적이 있어. 특히 어린이나 임산부에게 좋지 않다고 하던데……. 전자파 피해를 줄이려면 통화 버튼을 누르고 2~3초 후에 귀에 대라고 말하는 사람도 있어.

은유 : 그런데 이런 수칙을 지키는 사람은 거의 없는 것 같아. 전자파의 피해가 당장 드러나지 않기 때문이겠지.

명석 : 시인은 전자파에 무관심한 사람들에게 경각심을 불러일으키기 위해 이 시를 쓴 것 같아.

은유 : 시인은 어느 봄날 "바람 한 올 없는데" 여린 나뭇잎들이 "바르르 떨고 있"는 모습을 발견한 이야기부터 시작해. 시인은 현미경과 같은 정밀한 눈을 가졌어.

명석 : 그 나뭇잎들이 더 심하게 "파르르 / 치를 떨"게 되자 궁금해지기 시작한 거야. 왜 저럴까? 그 원인을 추적하는 과정이 2연에 나오는데 재미있어. '산새 소리'에서 '달빛'으로, 다시 '물맛'으로 추적하다가 결국 휴대폰이 울리는 소리를 듣고 그 원인을 알게 되지.

은유 : 그런데 '산새 소리'와 '달빛'이라고 쉽게 표현하면 될 것 같은데, 왜 "소쩍새 소리"와 "젖빛 열엿새 달빛"으로 표현했지?

어떤 특별한 느낌을 주기 위해서인가?

명석 : 글쎄. 표현을 복잡하게 해서 멋있게 보이려는 게 아닐까?

김샘 : "소쩍새 소리가 따끔한가 / 젖빛 열엿새 달빛이 느꺼운가"는 봄밤의 정경을 잘 나타내는 표현이에요. "소쩍새"는 밤에 '소쩍소쩍' 하고 우는 소리가 구슬퍼서 사람의 마음을 울리고, 둥근 달에서 나오는 "젖빛 열엿새 달빛"은 은은해서 사람의 마음을 들뜨게 만들죠. 그러니까 시인은 나뭇잎이 떨리는 것도 사람의 마음을 들뜨게 하는 "소쩍새 소리"나 "젖빛 열엿새 달빛" 때문이 아닐까 생각하게 된 거예요.

은유 : 원인을 추적하는 과정이 매우 진지함을 알 수 있어요.

명석 : 그러게. 시인은 뭔가 고상한 원인을 찾았던 거야. 그런데 휴대폰 전자파 때문임을 알게 되어 실망감에 빠지지. 그런 감정이 2연 마지막 행 "이런, 휴대폰이 울린다"에 잘 담겨 있어.

은유 : 그럼 3연 처음에 나오는 "저런, 전자파가 저 여린 것들을"에는 어떤 감정이 담겨 있을까?

명석 : 이것은 실망감을 더 크게 나타내는 것이 아닐까?

김샘 : '이런'과 '저런'은 뜻밖의 일이 발생했을 때 사용하는 감탄사이죠. 좀 더 자세히 살핀다면 "이런"에는 실망감과 당황의 감정이 담겨 있고, "저런"에는 걱정과 우려의 감정이 담겨 있다고 할 수 있어요.

은유 : 낱말 하나도 문맥에 따라 미묘한 의미 변화를 갖네요.

명석 : '이런'과 '저런' 때문에 2연과 3연이 잘 연결되는 것 같아. 그리고 계속 궁금했던 건데, '전자파'에 대한 시인데 왜 제목을 "광합성"이라고 했지?

은유 : 나도 궁금해. 이건 과학에 관심이 많은 네가 잘 알 것 같은

데?

명석 : 광합성은 나무의 엽록체가 빛 에너지를 이용해 이산화탄소와 수분으로 탄수화물을 만드는 것을 말해. 그런데 시에서 보면 전자파가 나뭇잎에 영향을 주잖아. 그렇다면 광합성의 과정에 전자파도 참여하게 되었다는 것이 아닐까?

은유 : 그래! 광합성 과정에 전자파도 참여하게 된 세상을 비판하는 시인의 태도가 '광합성'이란 제목에 담겨 있다고 하겠네.

명석 : 이렇게 전자파를 비판하는 걸 보면, 시인은 휴대폰을 쓰지 말자고 말하는 거지?

은유 : 요즘 세상에 휴대폰을 쓰지 않고 어떻게 살 수 있겠니? 아마 시인도 휴대폰을 쓰고 있을 거야. 다만 전자파가 심각한데 사람들이 모르는 것 같아서 그걸 일깨우려는 거지.

이제, 어려운 시도 읽어 내며 시를 읽는 자신만의 시각을 다듬어 나갈 수 있게 되었나요? 셋째 단계에서는 언어 사용이 한층 복잡해지고, 세세하게 움직이는 감정의 흐름까지 나타나며, 내용도 철학과 역사 같은 배경 지식을 가지고 있어야 이해할 수 있는 시들이 나와요. 자, 그럼 더욱 흥미로운 시의 세계로 들어가 볼까요?

주체적으로 읽기

수준 : 중학교 3학년~고등학교 1학년

절망

김 수 영 1965년

풍경이 풍경을 반성하지 않는 것처럼
곰팡*이 곰팡을 반성하지 않는 것처럼
여름이 여름을 반성하지 않는 것처럼
속도가 속도를 반성하지 않는 것처럼
졸렬과 수치가 그들 자신을 반성하지 않는 것처럼
바람은 딴 데에서 오고
구원은 예기치 않은 순간에 오고
절망은 끝까지 그 자신을 반성하지 않는다

* 곰팡 '곰팡이'의 준말

172

시 읽고 대화하기

은유: 표현이 재미있어. 반복이 계속되고 '곰팡'이라는 말이 나오니까 그래.

명석: 나도 표현이 재미있긴 한데, 무엇을 말하는지 잘 모르겠어. "풍경이 풍경을 반성하지 않는"다고 하는데 풍경한테 어떻게 반성하라는 거지?

은유: 모르긴 나도 마찬가지야. 그런데 2행의 "곰팡이 곰팡을 반성하지 않는 것"은 이런 뜻이 아닐까? 곰팡이 사방으로 막 번지는 것 말이야. 곰팡을 막지 못하는 상황인 거지.

명석: 그럼 3행의 "여름이 여름을 반성하지 않는 것"은 뭐야?

은유: 글쎄, 잘 모르겠어. 그래도 5행의 "졸렬과 수치가 그들 자신을 반성하지 않는 것"은 알 수 있겠어. 졸렬하고 수치스런 행동은 반성해야 하는데 반성하지 않는다는 것이지.

명석: 그것은 나도 이해할 수 있어. 졸렬하고 수치스런 사람들이 시인 주변에 많았던 것 같아. 그래서 이런 말을 하는 거겠지. 그런데 앞의 말들은 무엇을 의미하는지 알 수 없으니…….

은유: 앞의 말들 중에 '곰팡'은 '졸렬'과 '수치'와 연결될 수 있을 것 같아. 시인은 졸렬하고 수치스런 사람들을 곰팡으로 본 거야.

명석: 그래, 그렇게 보면 되겠어. 일상생활에서 '곰팡이와 같은 존재'라는 말을 쓰지. 그럼 나머지 '풍경', '여름', '속도'는 뭐야?

은유: 글쎄, 알 수가 없어.

173

김샘 : 1~5행에서 중심 행은 5행이에요. 그런데 중심 행(졸렬과 수치)만 달랑 표현하면 시의 맛이 없어 중심 행을 변주하는 표현들(풍경, 곰팡, 여름, 속도)을 1~4행에서 반복하는 것이죠. 이 표현의 반복은 독자가 '반성할 것들이 왜 반성하지 않지?' 하고 강한 의문을 갖게 해요. 변주 표현˚들의 의미를 자기 나름대로 파악해 보면 재미있을 거예요.

명석 : 변주 표현의 의미를 이렇게 생각해 보면 재미있겠어요. '풍경'은 졸렬하고 수치스런 풍경이고, '여름'은 불쾌지수가 높고, '속도'는 과속을 말하는 거예요.

은유 : 재미있는 해석이다! 변주 표현을 반복하니까 "졸렬과 수치가 반성하지 않는" 상황이 매우 심각한 상태임을 느낄 수 있어.

명석 : 그런데 6~7행 "바람은 딴 데에서 오고 / 구원은 예기치 않은 순간에 오고"는 무엇을 의미하는 걸까?

은유 : 나도 6~7행은 쉽게 이해되지 않아. 그런데 8행 "절망은 끝까지 그 자신을 반성하지 않는다"를 보면 1~5행과 비슷한 문장 구조야. 여기서 '절망'이란 시어는 "졸렬과 수치"가 반성하지 않으니까 상황이 절망적이라고 말하는 거 같아.

명석 : 그럼 7행의 "구원"은 졸렬하고 수치스런 상황을 구원한다는 것 같은데, "예기치 않은 순간"은 뭐지? 그리고 6행의 "바람은 딴 데에서 오고"는 바람이 불어오는 방향을 이야기한 건가?

---

* 변주 표현 하나의 주제가 되는 표현을 바탕으로 단어들을 다양하게 변형하여 주제를 효과적으로 표현하는 것.
* 4·19 1960년 4월 19일에 독재 정권에 항거하여 학생, 지식인이 중심이 되어 이승만 정권을 종식시킨 민주 혁명을 말함.
* 5·16 1961년 5월 16일에 군인들이 4·19 혁명으로 탄생한 정부를 무너뜨리고 군사 정권을 세운 사건을 말함.

김샘 : 그래요. 생각대로 7행의 "구원"은 졸렬하고 수치스런 상황을 구원하는 것이죠. 그리고 6행의 "바람"은 구원을 바라는 마음이에요. '구원'이 바람직하려면 내면에서 반성이 이루어져야 하죠. 그렇지 못할 때 '구원'은 외부에서 "예기치 않은 순간"에 온다는 것이에요. 외부에서 '구원'이 오면 "졸렬과 수치"는 반성을 하지만 이것은 일시적일 뿐 근본적인 것이 아니죠.

은유 : 그럼 외부의 충격이 사라지면 마찬가지라는 것이네요.

명석 : 6행의 "바람"은 이런 의미를 나타낼 수도 있겠어. 하나는 스스로 반성하기를 바라는 소원을 말하고, 하나는 "졸렬과 수치"를 쓸어 버릴 태풍인 거야.

은유 : 이 시에서 말하는 "졸렬과 수치"는 대체 어떤 상황이지?

명석 : 이 시가 쓰인 1960년대는 4·19*와 5·16*이 잇따라 발생하면서 사회·정치적으로 어지러웠잖아. 그래서 시인 주변에는 '졸렬하고 수치스런 사람들'이 많았던 것 같아.

은유 : 그런데 지금도 '졸렬하고 수치스런' 일들이 많이 있잖아. 지금 상황에도 맞는 시라고 하겠어.

명석의 시 노트

잘못된 상황이 내부에서 반성해서 고쳐지지 않을 때 그 잘못은 계속 반복될 수밖에 없을 것 같다. 내가 잘못했을 때 부모님에게 꾸중을 듣지만 스스로 깨우치지 않는 이상 그런 일을 또 반복하게 된다. 요즘 '정치 개혁', '사회 개혁'을 외치는 목소리가 높지만, 이것도 당사자들이 반성을 해야 참다운 개혁이 될 수 있겠다.

하늘과 돌멩이

오 규 원 1999년

담쟁이덩굴이 가벼운 공기에 업혀 허공에서
허공으로 이동하고 있다

새가 푸른 하늘에 눌려 납작하게 날고 있다

들찔레가 길 밖에서 하얀 꽃을 버리며
빈자리를 만들고

사방이 몸을 비워 놓은 마른 길에
하늘이 내려와 누런 돌멩이 위에 얹힌다

길 한켠 모래가 바위를 들어올려
자기 몸 위에 놓아두고 있다

시 읽고 대화하기

명석: 이 시는 어떤 경치를 표현한 것 같아.

은유: 그래, 그런데 표현이 생소해.

명석: 왜 이런 시를 쓰지? 뜻을 파악하기도 어렵고, 표현도 생소하고…….

은유: 시인이 무슨 생각이 있어서 이런 시를 만들지 않았을까?

명석: 그래도 우리가 알 수 있게 표현해야 하는 것 아닌가?

은유: 2연 "새가 푸른 하늘에 눌려 납작하게 날고 있다"를 보니 생각나는 그림이 있어. 살바도르 달리*라는 화가의 그림 있잖아. 시계가 나뭇가지에 걸려 빨래처럼 늘어져 있는 그림 말이야.

명석: 기억나. 시계가 탁자 모서리에 걸쳐 늘어진 모습도 나오지.

은유: 새가 납작해진 것과 시계가 힘없이 늘어져 있는 것이 비슷한 것 같아.

명석: 그래, 시계의 엉뚱한 모습이 재미있지.

은유: 이 시도 표현은 엉뚱하지만 재미있지 않니?

명석: 좋아! 그런 점을 감상해 보자. 담쟁이덩굴은 벽을 타고 뻗어 가는 게 정상인데, 1연에서는 담쟁이덩굴을 엉뚱하게 말해.

---

* 살바도르 달리(1904~1989) 에스파냐의 초현실주의 화가. 무의식의 세계나 꿈의 세계를 지향하여 주로 비합리적이고 비현실적인 세계를 그렸다. 여기서 말하는 그림의 제목은 〈기억의 고집〉(1931)이다.

"담쟁이덩굴이 가벼운 공기에 업혀 허공에서 / 허공으로 이동하고 있다"는 거야.

은유 : 담쟁이덩굴이 경쾌하게 보이지 않니?

명석 : 나는 위험해 보이는데?

김샘 : 이 시는 사물의 의미를 표현하는 것보다 사물의 속성이나 사물과 사물의 관계를 새롭게 발견하는 데 관심을 보이는 시예요. 담쟁이덩굴은 벽을 타고 뻗어 가는 것이 일반적이죠. 그런데 1연에서는 담쟁이덩굴과 벽의 관계에서 '벽'을 없애고 '담쟁이덩굴'과 '공기'의 관계를 새롭게 만들고 있어요.

명석 : 벽을 없애니까 담쟁이덩굴이 올라가기 위해 공기에 의존할 수밖에 없는 거네요.

은유 : 아마 담쟁이덩굴은 공기와 친해지기 위해 "허공으로 이동하"는지도 몰라.

명석 : 2연은 상상력이 독특한 것 같아. 날개를 펴고 나는 새를 "하늘에 눌려 납작"해졌다고 하잖아.

은유 : 하늘과 새의 관계에서 하늘은 새가 자유롭게 날아다니는 공간인데, 여기서는 하늘이 새를 억압하는 공간으로 바뀌었어.

명석 : 그런데 3연에서 들찔레가 "꽃을 버리며 / 빈자리를 만들고"는 어떤 모습을 표현한 것이지?

은유 : 글쎄? 들찔레와 꽃의 관계도 아니고…….

김샘 : 3연에서는 '열매'라는 시어를 생략했어요. 그러니까 '꽃을 버리며 열매를 위한 빈자리를 만들고'로 생각하면 돼요. 꽃이 지면 그 자리에 열매가 맺죠.

명석 : 꽃과 열매의 관계에서 '열매'를 생략하여 다시 한 번 생각하게 만드네요.

은유 : 들찔레가 "꽃을 버리며 / 빈자리를 만"든다고 하니 마음이 넓은 사람처럼 느껴지기도 해.

명석 : 4연에서 "사방이 몸을 비워 놓은 마른 길"은 어떤 길일까?

은유 : 늦가을이나 겨울날 길의 모습을 말하는 것 같아. 이때는 꽃과 나뭇잎이 다 져서 길이 황량하잖아.

명석 : 그럼 "하늘이 내려와 누런 돌멩이 위에 얹힌다"는 늦가을의 흐린 하늘이 땅 가까이 내려와 있는 거겠네.

김샘 : 4연을 여러분처럼 감상할 수도 있어요. 그러나 3연의 풍경을 보면 이 시의 계절은 늦가을보다 들찔레의 꽃이 피는 늦봄으로 보는 것이 적절하겠어요. 그런데 여기서는 계절적 배경보다 각 연이 비슷한 시어로 연결이 됨을 아는 것이 중요해요. "허공"(1연)과 "하늘"(2연), "빈자리"(3연)와 "비워 놓은"(4연), "돌멩이"(4연)와 "바위"(5연)가 그렇죠. 시어가 만드는 이미지가 연쇄적으로 이어져요. 그렇다면 "사방이 몸을 비워 놓은 마른 길"은 텅 빈 길의 이미지를 강하게 나타낸 것으로 이해하면 좋겠어요.

은유 : 그럼 4연은 텅 빈 길에 둘러보아도 하늘만 보이는 풍경이네요. 그 풍경을 "하늘이 내려와 누런 돌멩이 위에 얹힌다"고 표현하니 따뜻하게 느껴져요.

명석 : 5연은 바위가 모래를 짓누르는 것인데 "모래가 바위를 들어올려 / 자기 몸 위에 놓아"둔다고 표현해.

은유 : 모래와 바위가 매우 다정한 친구처럼 느껴져.

명석 : 그러고 보면 4연의 겨울철 흐린 하늘과 누런 돌멩이도 다정한 친구처럼 느껴져.

은유 : 그래! 4연과 5연은 하늘과 돌멩이, 모래와 바위의 관계를 다정한 친구의 관계로 말하는 거야.

동천 冬天

서 정주 1966년

내 마음 속 우리 님의 고운 눈썹을
즈믄* 밤의 꿈으로 맑게 씻어서
하늘에다 옮기어 심어 놨더니
동지 섣달 날으는 매서운 새가
그걸 알고 시늉*하며 비끼어 가네

* 즈믄 천千의 순수한 우리말.
* 시늉 어떤 모양이나 움직임을 흉내 내어 꾸미는 짓.

시 읽고 대화하기

명석 : 제목 '동천'은 '겨울 하늘'이란 뜻이지.

은유 : 그런데 이 시가 그리는 '겨울 하늘'은 상상의 공간이야. 눈썹을 씻어서 겨울 하늘에 심어 놓으니 매서운 새가 비끼어 간다고 했어.

명석 : 그래, 표현된 말은 그렇게 간단히 정리되는데 무슨 뜻인지 알 수가 없어.

은유 : 이 시를 감상하려면 상상의 공간을 하나하나 풀어 봐야 할 것 같아. 먼저 시의 화자는 어떤 처지인지부터 알아보자.

명석 : 님과 오랫동안 떨어져서 그리워하고 있어. "즈믄 밤의 꿈으로"라는 표현에서 알 수 있어.

은유 : 즈믄 밤이라면 천일 밤이잖아. 밤을 천일 맞으려면 3년 정도의 기간인데 이렇게 오래 떨어져 있었다는 거지.

명석 : 시의 화자는 님의 얼굴에서 '눈썹'이 제일 기억나는 모양이야. 보통은 '눈망울'이나 '입술' 같은 걸 좋아할 텐데 왜 눈썹을 좋아하는 거지?

은유 : 글쎄, 이것은 시의 화자의 취향이 아닐까? 아니면 눈썹이 특별하게 생겨서 오래 기억에 남거나.

명석 : 그럼 1~2행의 "눈썹을 / 즈믄 밤의 꿈으로 맑게 씻어서"는 무엇을 말하는 거지?

은유 : 즈믄 밤 동안 꿈속에서라도 님의 눈썹을 보고 싶어 하는

181

마음을 눈썹을 씻는 행위로 나타낸 것 같아.

명석 : 3행에서 시의 화자는 마음속의 눈썹을 "하늘에다 옮기어 심"어. 그런데 왜 하늘에다 심지? 땅에다 심으면 꽃을 피우는 모습을 상상할 수 있을 텐데.

은유 : 글쎄……. 높은 곳에 심으면 자신의 그리움을 멀리 있는 님도 알 수 있을 거라고 상상하는 게 아닐까?

김샘 : 전통적인 미인의 '눈썹'을 생각해 봐요. 옛날부터 우리나라에서는 눈썹이 사람의 인상을 좌우한다고 여겨 눈썹의 모양을 매우 중시했어요. 여자의 눈썹이 가늘고 동그랗게 휘어진 것을 좋게 여겼죠. 이것은 초승달 모양과 같아요. 그래서 시의 화자가 눈썹을 땅에 심는 것보다 하늘에 심는 것이 자연스럽죠.

명석 : 궁금하던 게 풀렸어요! 시의 화자가 눈썹을 좋아한 이유는 님의 눈썹이 초승달 모양이기 때문이네요.

김샘 : 이제 시의 화자의 행위가 정리됐으면 초승달의 의미를 생각해 봐요. 눈썹의 모양을 닮은 초승달은 보름달로 점점 커지게 되죠. 이 자연 현상과 시의 화자의 마음은 어떻게 연결될까요?

은유 : 초승달이 커지는 것처럼 시의 화자는 자신의 그리움도 점점 더 소중한 것이 되길 바라고 있어요. 명석아, 그런데 4행의 "매서운 새"는 어떤 새야?

명석 : 글쎄……. 글자 그대로 사나운 새를 말하는 것 같아. "동지 섣달" 겨울 하늘을 날 정도로 매서운 거지.

은유 : 그렇게 매서운 새라면 다른 걸 공격할 수도 있겠네.

명석 : 그렇다고 봐야지.

은유 : 그럼 5행의 "그걸 알고 시늉하며 비끼어 가네"는 "매서운 새"가 눈썹을 공격할 수도 있는데 하지 않고 비끼어 간다는 거네.

명석 : 그래! 눈썹이 아주 소중한 거라는 걸 알고 공격하지는 않고 오히려 눈썹의 모양을 흉내내며 날고 있어.

은유 : '매서운 새'는 일종의 도우미라고 할 수 있겠어. 눈썹의 소중함을 돋보이게 만들고 있잖아.

명석 : 그렇게 말하니까 눈썹과 매서운 새의 관계가 더 뚜렷하게 다가와. 그런데 이 관계에 다른 의미는 없을까?

김샘 : 그럼, 좀 다르게 감상해 봐요. 님의 눈썹은 가장 소중한 것, 하늘이라는 영원한 세계에 심어 놓을 만한 가치 있는 것을 상징*해요. 그러면 그것을 동경하며 흉내 내는 존재는 누구일까요? 그건 인간이겠지요. 곧 "매서운 새"는 영원한 세계, 소중한 가치를 추구하는 인간을 상징한다고 볼 수 있어요.

은유 : 음······. 인간은 완벽한 세상과 죽지 않고 영원히 사는 삶을 동경해요. 그렇지만 그런 삶에 도달하지 못하는 상황을 상상의 공간에 그리고 있는 거네요.

명석 : 그렇다면 이 시는 인간의 숙명적인 한계를 나타낸다고 하겠어.

---

* 상징 다른 뜻을 함축하는 심상이라는 점에서 은유의 일종이라고 할 수 있다. 그러나 일반적인 은유가 두 사실 사이의 유사성, 상호 암시성을 근거로 한 1:1 유추 관계에 의존하는 데 비해, 상징은 그러한 유추 관계를 갖지 않는다. 즉 상징은 사람들이 다 알고 있거나 짐작할 수 있는 뜻에 기초를 두지 않고 어떤 구체적 심상을 제시하고 그것이 지금까지 다른 사람들이 의도하지 않았던 추상적인 뜻을 암시하게끔 하는 표현법이다. 「동천」은 일체의 설명을 배제하고 고도의 상징적 수법을 구사함으로써 강렬한 언어적 긴장을 이루고 있다. 앞에서 본 「그 꽃」의 '꽃'과 「새봄 9」의 '벚꽃', '푸른 솔'도 상징적 의미를 지닌다.

산유화 山有花

김 소 월 1924년

산에는 꽃 피네
꽃이 피네
갈 봄 여름 없이
꽃이 피네

산에
산에
피는 꽃은
저만치 혼자서 피어 있네

산에서 우는 작은 새여
꽃이 좋아
산에서
사노라네

산에는 꽃 지네
꽃이 지네
갈 봄 여름 없이
꽃이 지네

시 읽고
대화하기

명석 : 시의 느낌이 어떠니?

은유 : 외롭고 슬퍼. 2연 4행의 "저만치 혼자서"와 3연 1행의 "산에서 우는"이라는 표현 때문이야.

명석 : 나도 "산에서 우는" 때문에 슬픈 느낌이 들기는 하지만, 그건 뒤의 내용과는 안 맞는 것 같아.

은유 : 왜?

명석 : "산에서 우는" 다음에 "꽃이 좋아"라는 표현이 나오잖아. 꽃이 좋으면 울지 않아야 하잖아.

은유 : 그럼 "산에서 우는"을 "산에서 노래하는"으로 바꿔야 한다는 거니? 그렇게 바꾸면 다시 앞의 "저만치 혼자서"라는 구절과 어울리지 않아. 외로운데 어떻게 노래해?

명석 : 그 두 구절을 연결해서 보는 것은 잘못이야! 2연의 "저만치 혼자서"는 꽃의 이야기이고, 3연의 "산에서 우는"은 새의 이야기이기 때문이지.

은유 : 좋아, 인정해. 그럼 "산에서 우는"을 '산에서 지저귀는'으로 생각하면 오해가 없겠어. 우리는 보통 새가 지저귀는 것을 새가 운다고 표현하잖아. 시인도 그런 거야.

명석 : 그런데 짚고 넘어가야 할 것이 있어. "저만치 혼자서 피어 있네"라는 구절이야. 꽃은 무리 지어 피는데 왜 이렇게 표현했을까?

185

은유 : 혼자 피는 꽃도 있어. 시의 화자는 외롭기 때문에 이런 꽃을 생각한 거야.

명석 : 그럼 "저만치 혼자서"는 시의 화자의 외로움을 나타낸다는 것인데 어떤 외로움일까?

은유 : 글쎄? 왜 외로운지는 알 수 없어.

김샘 : 부사어 '저만치'는 둘 사이의 거리가 가깝지 않고 떨어져 있음을 나타내죠. 여기서 "저만치"의 거리를 두 가지로 파악할 수 있어요. 하나는 시의 화자와 꽃 사이의 거리이고, 또 하나는 꽃과 꽃 사이의 거리죠. 전자로 생각하면 시의 화자와 자연 사이에 놓인, 자연에 동화되고 싶지만 그러지 못하는 숙명적인 거리감이에요. 후자로 생각하면 시의 화자와 다른 사람 사이에 놓인, 무리 지어 어울리지 않는 고독감을 나타내요.

명석 : "저만치 혼자서"에는 단순한 외로움이 아니고 복잡한 심정이 숨어 있네요.

은유 : 그래. 시의 화자는 자연에 동화되고 싶지만 그러지 못하고, 또 한편으로는 다른 사람과도 쉽게 어울리지 않아.

명석 : 그런데 3연에서는 2연과 달라져. 외로움이 아니고 어울림이야. 새는 "꽃이 좋아" 잘 어울리고 있지.

은유 : 내가 보기에는 어울림이 아니고 외로움이 계속 이어지는 것 같은데. 새가 좋아하는 꽃은 2연에 등장하는 꽃이야. 그 꽃은 외로운 존재잖아. 그래서 새가 그 꽃을 좋아하는 것은 자신도 외롭다는 거지.

명석 : 3연의 꽃이 2연의 꽃이라는 근거가 뭐야?

은유 : 겉으로 드러나는 근거는 없어. 느낌의 흐름상 그렇다는 거야. 외로움으로 계속 이어지는 거지.

명석 : 오히려 외로움에서 어울림으로 변화를 해야 흐름이 좋을 것 같은데.

은유 : 글쎄, 앞에서 "산에서 우는"을 '산에서 지저귀는'으로 바꾸어 생각했는데 그러면 안 될 것 같아. 외로우니까 새는 울고 있는 것으로 봐야 해.

김샘 : 많은 평자들은 은유처럼 해석을 하죠. 사람을 포함한 모든 존재에게 거부할 수 없는 숙명과도 같은 외로움을 표현한 시라고요. 그런데 명석처럼 해석을 할 수도 있겠어요. 사람들은 살아가면서 외로움과 어울림을 함께 겪는 것으로요. 1연과 4연이 '피다'와 '지다'만 달라지면서 똑같이 반복되는데, 이와 관련해서 여러분의 생각을 정리해 봐요.

은유 : 꽃이 피고 꽃이 지는 것은 자연의 순환이에요. 이 시는 삶과 죽음의 순환 과정에서 느끼는 숙명적인 고독감을 노래한 것 같아요.

명석 : 나는 다르게 생각해. 삶의 순환 과정에서 겪는 고독과 어울림을 노래한 것으로 보여.

김샘 : 그래요, 서로 다르게 볼 수 있어요. 이 시는 표현이 반복되고 3음보 율격으로 되어 있어 부드럽게 읽혀요. 또, 시를 반으로 접어서 맞추어 보면 균제미*를 느낄 수 있어요.

은유 : 3음보라면 1연에서처럼 "산에는 / 꽃 피네 / 꽃이 피네 // 갈 봄 / 여름 없이 / 꽃이 피네" 같은 율격이죠.

명석 : 정말 시를 반으로 접어 1, 2연과 3, 4연을 맞추니 행수와 행의 길이가 거의 비슷하네요.

---

* 균제미 여럿이 서로 비슷하여 고르게 가지런한 데서 생기는 아름다움.

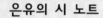

은유의 시 노트

"갈 봄 여름 없이"라는 구절이 리듬감이 있고 재미있다. 보통 말하듯이 "봄 여름 가을 없이"라고 표현하면 그런 맛이 없다. 앞에서 본 「소화」라는 시에도 "갈 봄 여름 없이 / 가을이 옵니다"라는 구절이 나온다. 「산유화」가 창작 연도가 훨씬 앞서는 걸 보면, 「소화」가 「산유화」의 표현을 모방한 건가 보다.

꽃

김 춘 수 1959년

내가 그의 이름을 불러 주기 전에는
그는 다만
하나의 몸짓에 지나지 않았다.

내가 그의 이름을 불러 주었을 때
그는 나에게로 와서
꽃이 되었다.

내가 그의 이름을 불러 준 것처럼
나의 이 빛깔과 향기에 알맞는
누가 나의 이름을 불러 다오.
그에게로 가서 나도
그의 꽃이 되고 싶다.

우리들은 모두
무엇이 되고 싶다.
너는 나에게 나는 너에게
잊혀지지 않는 하나의 눈짓이 되고 싶다.

시 읽고 대화하기

은유 : 가장 마음에 드는 구절은 어느 것이니?

명석 : 3연의 "누가 나의 이름을 불러 다오"야.

은유 : 왜?

명석 : 내가 요즘 외롭거든. 누가 내게 관심 좀 쏟아 주면 좋겠어.

은유 : 그럼 너는 누구에게 "그의 이름을 불러 준" 적이 있니?

명석 : 아…… 아직.

은유 : 이 시는 바로 그런 너에게 맞는 것 같아. 이 시는 일종의 사랑의 시라고 할 수 있어.

명석 : 남녀 간의 사랑을 말하는 거니?

은유 : 그래, 너는 외롭다고 말하잖아.

명석 : 물론 이성 친구에 대한 호기심도 있지. 그런데 나의 외로움은…… 장래도 불투명하고 공부 이외의 것들을 왜 모두 뒤로 미루어야 하는지 모르겠고, 또 이유를 알 수 없는 불안도 느끼기 때문이야.

은유 : 아! 너에게도 그런 고민이 있었구나. 몰랐어.

명석 : 그래. 이 시는 나처럼 자신에 대해 고민하는 사람에게 필요한 시라는 생각이 들어.

은유 : 누군가 너의 이름을 불러 주면 고민이 해결될 수 있다는 거니?

명석 : 해결까지는 아니더라도 어느 정도 힘이 될 수는 있을 거야.

은유 : 그럼 1연의 "하나의 몸짓에 지나지 않았다"는 고민에 휩싸인 자신이고, 2연의 '꽃이 되었다'는 어느 정도 고민을 해결한 상태라는 거니?

명석 : 그렇다고 봐야지.

김샘 : 여러분처럼 이 시를 '이성 간의 사랑'이나 '현실의 고민'과 관련된 시로 이해할 수도 있어요. 그런데 사랑하고 고민하는 주체인 '존재'의 의미를 생각해 봐요. 모든 존재는 다른 존재와 관계를 맺으며 살아가죠. 이 관계에서 한 존재는 다른 존재에게 영향을 줄 수 있는, 또는 다른 존재에게 의미 있는 존재로 남고 싶어 하는 욕망을 갖고 있죠.

은유 : 그럼 1연의 "몸짓"이 의미 없는 존재라면, 2연의 "꽃"은 의미 있는 존재라 할 수 있겠어요.

명석 : 그런데 왜 관심 쏟는 것을 '이름을 불러 주는 행위'로 표현했을까? '손을 내밀어 준다'고 표현하면 더 친밀감이 느껴질 것 같은데.

은유 : 내가 보기에는 '손을 내밀어 준다'보다 '이름을 불러 준다'가 더 어울릴 것 같아. 왜냐하면 그래야 좀 더 무게감이 느껴져서 존재의 의미를 찾는 이 시에 맞는 것 같아.

명석 : 이름을 불러 주는 것은 단순한 관심 이상의 의미일 듯해.

은유 : 그렇지. 강아지를 팔기 위해 키우는 사람은 강아지에게 이름을 붙이지 않을 거야. 그런데 강아지를 식구처럼 키우는 사람은 이름을 붙이지. 이것은 강아지를 돈으로 보는 것과 소중한 존재로 여기는 것의 차이야.

김샘 : 이름을 붙이는 언어 행위에 의해서만 사물이 사물로 존재한다고 보는 철학적 입장이 있어요. 그런 관점에서 이 시를 '사

191

물과 언어의 관계에 대한 시적 통찰'을 한 작품으로 해석하기도 해요. '언어는 존재의 집'*이라고 한 어느 철학자의 말과도 상통하는 얘기죠. 그러면, 이 시는 '기승전결'* 구성 방식을 취하고 있는데 그 방식에 따라 내용을 정리해 봐요.

명석 : 1연에서 그는 "몸짓에 지나지 않"지만, 2연에서는 "꽃"으로 발전해요.

은유 : 3연은 "꽃이 되고 싶"은 것이 '그'에서 '나'로 바뀌어.

명석 : 4연에서는 '나'에서 '우리'로 확대되면서 "눈짓이 되고 싶다"는 생각으로 마쳐.

은유 : 그러고 보니 기승전결 구성에 따라 '몸짓 – 꽃 – 눈짓'과 '그 – 나 – 우리'로 의미가 커지네.

* 언어는 존재의 집 독일의 실존주의 철학자 하이데거(1889~1976)가 한 말임.
* 기승전결 1연에서 처음 생각이 나오고, 2연에서 1연의 생각이 발전되고, 3연에서는 생각이 전환되고, 4연에서는 전환된 생각이 이어져 끝맺는 구성 방식.

수묵水墨 정원* 9 —번짐

장석남 2001년

번짐,
목련꽃은 번져 사라지고
여름이 되고
너는 내게로
번져 어느덧 내가 되고
나는 다시 네게로 번진다
번짐,
번져야 살지
꽃은 번져 열매가 되고
여름은 번져 가을이 된다
번짐,
음악은 번져 그림이 되고
삶은 번져 죽음이 된다
죽음은 그러므로 번져서
이 삶을 다 환히 밝힌다
또 한번—저녁은 번져 밤이 된다
번짐,
번져야 사랑이지
산기슭의 오두막 한 채 번져서

봄 나비 한 마리 날아온다

* 수묵 정원 빛이 엷은 먹물로 그려 놓은 정원.

시 읽고
대화하기

명석 : 제목에 '수묵'이라는 말이 있는 것으로 보아 시인은 수묵화를 좋아하나 봐.

은유 : 시인은 먹물이 번지는 것에 깊은 인상을 받았을 거야.

명석 : 우리는 '번짐'을 부정적인 의미로 쓰는 경우가 있잖아. '병균이 번지다', '불이 번지다'가 그렇지.

은유 : '졸음이 번진다'는 말도 있어. 5교시 때 한 명이 졸기 시작하면 그것이 번져서 주변 학생들도 졸잖아.

명석 : 그런데 시인은 '번짐'을 긍정적인 의미로 써.

은유 : 긍정적인 의미를 넘어 세상 모든 일을 '번짐'으로 설명하는 것 같아.

명석 : 왜 흐리터분하게 '번짐'이라는 말로 설명하지? 2~3행 "목련꽃은 번져 사라지고 / 여름이 되고"는 단순하게 '목련꽃이 지고 나면 여름이 된다.'고 하면 될 건데 말이야. 그 차이점이 뭐야?

은유 : 번진다고 하니 근사해 보이기는 한데, 의미는 잘 모르겠어.

김샘 : 여기서 '번짐'의 의미는 사물 간의 관계와 사물의 변화를 단절이나 구분으로 보지 않고 이어짐으로 생각하는 것이에요. 목련꽃이 지고 여름이 오는 것, 즉 봄이 가고 여름이 오는 것은 봄과 여름의 단절이 아니고 봄이 여름으로 이어진다는 거죠.

은유 : 그렇게 생각하니 2~3행은 목련꽃이 사라지는 것이 아니

고 여름 속으로 들어가는 느낌이 들어요.

명석 : 그럼 4~6행 "너는 내게로 / 번져 어느덧 내가 되고 / 나는 다시 네게로 번진다"는 것 또한 나와 너의 관계가 서로 이어졌다는 것으로 보면 되겠어. 실제 우리 생활을 보면 서로 영향을 끼치며 살고 있잖아. 그렇다면 "번짐"을 다른 말로 '영향력'이라고 할 수 있겠어.

은유 : 나는 「꽃」이란 시가 생각나. "번짐"을 그 시의 표현으로 말하면 '이름을 불러 주는 것'이라고 할 수 있어.

명석 : 그런데 사람은 죽으면 모든 것이 끝이잖아?

은유 : 그렇지.

명석 : 13~15행 "삶은 번져 죽음이 된다 / 죽음은 그러므로 번져서 / 이 삶을 다 환히 밝힌다"는 무엇을 말하는 거야? 삶과 죽음은 서로 이어지지 않고 영향을 주고받을 수도 없잖아?

은유 : 삶과 죽음을 하나로 이야기하는 사람도 있던데…….

김샘 : 시인은 삶과 죽음은 다른 공간이지만 '번짐'으로 이어진다고 봐요. 이것은 불교의 세계관에 근거한 것이죠. 불교의 윤회설은 영혼이 끊임없이 생사를 반복한다고 보죠. 그리고 이 시는 전체적으로 불교의 연기설을 바탕으로 한 동양적 세계관을 담고 있어요. 연기설은 인연으로 모든 사물이 생겨난다고 봐요.

명석 : '번짐'이란 낱말에 그런 심오한 뜻이 담겨 있네요. 제목이 '수묵 정원'인 것도 동양적 세계관을 암시하는 듯해요.

은유 : 그리고 "번져야 사랑이지"라는 표현도 인연을 잘 말해 줘. 인연이 닿아야 사랑이 이루어진다고 하잖아.

명석 : 마지막에 "산기슭의 오두막 한 채 번져서 / 봄 나비 한 마리 날아온다"는 무엇을 말하는 것 같니?

은유 : 바로 위에 '사랑'이란 말이 나오는 것으로 보아 사랑과 관련된 이야기 같은데.

명석 : 그럼 오두막에 사는 사람들이 서로 번져서 사랑의 꽃을 피우는 걸 말하나 봐.

은유 : 그래야 나비가 사랑의 꽃을 보고 날아온다는 거지. 아, 낭만적이야!

낙화

이 형 기 1963년

가야 할 때가 언제인가를
분명히 알고 가는 이의
뒷모습은 얼마나 아름다운가.

봄 한철
격정을 인내한
나의 사랑은 지고 있다.

분분한* 낙화……
결별이 이룩하는 축복에 싸여
지금은 가야 할 때,

무성한 녹음*과 그리고
머지않아 열매 맺는
가을을 향하여

나의 청춘은 꽃답게 죽는다.

헤어지자

섬세한 손길을 흔들며
하롱하롱* 꽃잎이 지는 어느 날

나의 사랑, 나의 결별,
샘터에 물 고이듯 성숙하는
내 영혼의 슬픈 눈.

시 읽고
대화하기

명석 : 이 시는 이별의 시야. 6연에 "헤어지자"는 말이 나와. 그리고 헤어지는 것을 꽃이 지는 것에 비유해.

은유 : 그런데 시의 화자의 감정을 종잡을 수 없어. 이별을 "아름다운가"와 "축복"이라고 표현했다가, "죽는다"와 "슬픈 눈"이라고도 표현해.

명석 : 그러니까 긍정과 부정 사이에서 갈피를 못 잡는 거지.

은유 : 그런데 마지막에 "샘터에 물 고이듯 성숙하는"이라는 표현이 나오는 것으로 보아 어떤 정신적 성숙을 말하는 것 같기도 해.

명석 : 성숙해진다면 기쁠 텐데 바로 다음에 "슬픈 눈"이 이어져 또 헷갈려.

은유 : 그렇긴 하네. 그럼 시를 꼼꼼히 살펴 보자.

명석 : 1연은 헤어져야 할 때 헤어질 수 없다고 떼쓰지 말고 '쿨'한 모습을 보이라는 거지.

은유 : "분명히 알고 가는"이라는 구절이 중요해. 미련을 남기지 말고 분명하게 정리하라는 거야. 이 구절은 2연의 "격정을 인내한"이란 표현과 연결되겠어. 사랑의 강렬한 감정을 인내할 때 분명한 행동이 나오는 거지.

명석 : 그런데 왜 강렬한 감정을 참는 거지? 두려워서인가? 자신의 감정에 솔직해야 하지 않을까?

은유 : 이 이야기의 주인공도 고민을 했겠지. 감정을 따를 것인

가, 인내할 것인가? 결국 후자를 선택한 거야. 그 선택을 인정해야 해. 앞에서 읽은 시 「가난한 사랑 노래」에서는 가난 때문에 사랑의 감정을 포기하는 것도 보았잖아.

명석 : 그래, 알겠어. 하지만 3연의 "분분한 낙화…… / 결별이 이룩하는 축복에 싸여"는 정말 이해가 안 돼. 어떻게 결별이 축복이 된다는 거지?

은유 : 글쎄……. 아무리 '쿨'하게 헤어져도 이별은 슬픈 일인데.

김샘 : 꽃이 지면 그 자리에 잎이 돋고 가을에는 열매를 맺어요. 꽃이 지는 것은 당장은 슬프지만 열매 맺는 훗날을 생각하면 기쁨이죠. 시인은 이런 자연 현상에 자신의 사랑을 투영해서 보고 있어요.

명석 : 그렇다면 결별이 축복이 된다는 것은 지금은 헤어지지만 나중에 더 좋은 만남을 이룰 수 있다는 뜻이 되겠어요.

은유 : 그리고 4연의 "무성한 녹음"과 "열매"는 축복의 내용이라고 하겠어.

명석 : 5연 "나의 청춘은 꽃답게 죽는다"도 "결별이 이룩하는 축복"과 같은 의미이겠어. 헤어짐을 "죽는다"고 표현한 것은 좀 비참한데, "꽃답게"라고 하니 비참한 느낌이 사라져.

은유 : 6연의 "섬세한 손길을 흔들며 / 하롱하롱"은 헤어지는 모습이야.

명석 : 그런데 7연 "나의 사랑, 나의 결별, / 샘터에 물 고이듯 성숙하는 / 내 영혼의 슬픈 눈"은 무엇을 말하지?

은유 : 글쎄, 영혼이 성숙해진다는 말인가?

김샘 : 사람들은 보통 아픔을 통해 더 성숙해진다고 해요. 아픔의 과정을 거치며 자신을 한 번 더 돌아보고, 인생을 더 깊게 생각

해 보는 시간을 갖기 때문이죠. 시의 화자는 사랑과 결별을 겪으며 자신의 영혼이 성숙해지는 것을 말하고 있어요.

은유 : 그럼 "내 영혼의 슬픈 눈"은 정신적으로 성숙해지지만 결별에 슬퍼할 수밖에 없는 마음을 드러내는 표현이네요.

명석 : 그렇다면 7연의 의미는 결별의 두 얼굴이라고 정리할 수 있겠어. 하나는 정신적 성숙이고 다른 하나는 슬픔이야.

은유의 시 노트

1연은 유명한 정치인이나 스타의 이야기일 수도 있겠다. 자신의 자리를 계속 차지하고 있을 수도 있는데 다른 사람이나 후배를 위해 깨끗이 물러나는 이야기가 언론에 보도되기도 한다. 그리고 5연 "나의 청춘은 꽃답게 죽는다"는 대학 입학을 위해서 하고 싶은 걸 참아야 하는 우리들의 처지로 보아도 되겠다.

그대의 발명

박 정 대 2004년

느티나무 잎사귀 속으로 노오랗게 가을이 밀려와 우리 집 마당은 옆구리가 화안합니다
그 환함 속으로 밀려왔다 또 밀려 나가는 이 가을은 바라보는 것만으로도 가슴 벅찬 한 장의 음악입니다

누가 고독을 발명했습니까 지금 보이는 것들이 다 음악입니다
나는 지금 느티나무 잎사귀가 되어 고독처럼 알뜰한 음악을 연주합니다

누가 저녁을 발명했습니까 누가 귀뚜라미 울음소리를
사다리 삼아서 저 밤하늘에 있는 초저녁 별들을 발명했습니까

그대를 꿈꾸어도 그대에게 가 닿을 수 없는 마음이 여러 곡의 음악을 만들어 내는 저녁입니다
음악이 있어 그대는 행복합니까 세상의 아주 사소한 움직임도 음악이 되는 저녁, 나는 아무것도 하고 싶지 않아, 누워서 그대를 발명합니다

시 읽고 대화하기

명석 : 나는 고독이 두려워. 텅 비어 있는 느낌이 좋지 않거든. 그런데 시의 화자는 고독을 좋아하는 사람 같아.

은유 : 어떻게 그걸 알아?

명석 : 2연 2행의 "고독처럼 알뜰한 음악을 연주합니다"는 말은 고독을 즐긴다는 거잖아.

은유 : 그래, 시의 화자는 고독을 좋아하니까 가을도 무척 좋아하고 있어.

명석 : 그러니까 고독과 가을이 서로 연관된다는 거네?

은유 : 그렇지. 가을은 거리의 낙엽을 보고 혼자 걸으며 뭔가 생각하기 좋은 계절이잖아.

명석 : 그래서 1연부터 가을에 대한 이야기가 나오는구나.

은유 : "느티나무 잎사귀 속으로 노오랗게 가을이 밀려와 우리 집 마당은 옆구리가 화안합니다"는 자신이 좋아하는 가을을 화려하게 묘사한 장면이야.

명석 : 고독하면 왠지 초라해 보이는데 이 장면은 그렇지 않아. 그런데 1연 2행의 "밀려왔다 또 밀려 나가는 이 가을은 바라보는 것만으로도 가슴 벅찬 한 장의 음악"이란 무엇을 말하는 거지?

은유 : 여기서 가을이 밀려왔다 밀려 나간다는 것은 색의 변화를 말하는 것 같아. 가을에는 나뭇잎과 열매가 초록색, 빨간색, 노란색으로 변하면서 멋있는 풍경을 만들잖아.

명석 : 시의 화자는 멋있는 가을 풍경을 본 느낌이 감명 깊은 음악을 들었을 때의 감동과 비슷하다고 생각하는 거구나.

은유 : 그렇지. 가을을 멋있는 음악으로 비유한 것이지.

명석 : 그런데 2연과 3연의 "누가 고독을(또는 저녁을) 발명했습니까"라는 표현은 어딘가 이상하지 않니? 발명이란 없던 물건을 처음으로 만들어 내는 것인데, 고독과 저녁은 없던 것도 아니고 물건도 아니잖아. 사람이 어떻게 그것들을 발명한다고 말하는 거지?

은유 : 그럼 '발견'이라고 해야 할까?

김샘 : 여기서 "발명"이란 새롭게 느껴지는 것을 뜻해요. 고독이라고 모두 같진 않죠. 지금 이 순간 나만이 느끼는 고독이 있고, 날마다 오는 저녁이지만 나에게만 특별한 저녁이 있는 거예요.

명석 : 그럼 왜 고독과 저녁을 새롭게 느끼게 되었다는 거지?

은유 : 그것은 4연 1행에 나와! 시의 화자는 "그대를 꿈꾸어도 그대에게 가 닿을 수 없는" 처지에 있어.

명석 : 다시 제목을 보니 거기에 답이 있네. "누가 고독을(또는 저녁을) 발명했습니까"의 답은 "그대"라는 거야. 풀어서 말한다면, '그대 때문에 나에게 일어나는 변화'라고 할 수 있겠어.

은유 : 그러고 보면 이 시는 내용과 제목을 문답으로 연결하는 재미있는 형식이야. 2연에서 음악 이야기가 나오는데 고독과 음악은 분리될 수 없지. 시의 화자는 고독한 시간에 "느티나무 잎사귀"가 만드는 음악을 듣고 있어.

명석 : 3연에서는 저녁 이야기가 나오는데 이것도 고독과 분리될 수 없는 거니?

은유 : 그렇겠지. 아침, 낮, 저녁으로 나눠 볼 때 고독과 잘 연결

되는 시간대는 저녁이야.

명석 : 음악 이야기는 3연에서도 계속 이어져. 여기서는 "귀뚜라미 울음소리"를 듣고 있어.

은유 : 4연에서는 음악을 만드는 이유를 제시해. 그대에 대한 그리움 때문이라는 거지. 그런데 "음악이 있어 그대는 행복합니까" 하고 묻는 이유는 뭘까?

명석 : 글쎄……. 그대도 음악을 듣고 연주하면서 행복하게 살고 있는지 묻는 게 아닐까?

김샘 : 그렇게도 생각할 수 있어요. 그런데 시의 화자의 행동과 연결해서 본다면 내가 그대를 위해 만드는 음악이 혹시 마음에 들지 않으면 어쩌나 걱정하는 마음에서 묻는 것으로 생각할 수도 있어요.

은유 : 그대를 배려하는 세세한 마음 씀씀이를 알 수 있어요.

명석 : 마지막에 "누워서 그대를 발명합니다"라는 표현이 재미있지 않니?

은유 : 그래. '생각합니다' 하지 않고 "발명합니다" 하니까 뭔가 색다른 느낌이 들어. 좀 적극적이고 긍정적인 느낌 말이야.

김샘 : 그럼, 이 시의 내용 흐름을 그대를 중심으로 정리해 봐요.

명석 : 그거 좋겠네요. 가을이 되니까 그대 생각이 더 나고, 그래서 고독해진 거예요.

은유 : 시의 화자는 그대 때문에 생겨난 고독을 저녁에 음악을 들으면서 즐기고 있어요. 그리고 초저녁 별들을 보면서 그대를 발명하고 있어요.

바람의 말

마 종 기 1980년

우리가 모두 떠난 뒤
내 영혼이 당신 옆을 스치면
설마라도 봄 나뭇가지 흔드는
바람이라고 생각지는 마.

나 오늘 그대 알았던
땅 그림자 한 모서리에
꽃나무 하나 심어 놓으려니
그 나무 자라서 꽃 피우면
우리가 알아서 얻은 모든 괴로움이
꽃잎 되어서 날아가 버릴 거야.

꽃잎 되어서 날아가 버린다.
참을 수 없게 아득하고 헛된 일이지만
어쩌면 세상 모든 일을
지척의 자로만 재고 살 건가.
가끔 바람 부는 쪽으로 귀 기울이면
착한 당신, 피곤해져도 잊지 마,
아득하게 멀리서 오는 바람의 말을.

시 읽고
대화하기

명석 : 제목이 멋있어. '바람의 딸', '바람의 아들'이란 표현이 생각나.

은유 : '바람의 딸', '바람의 아들'이란 표현에서는 거칠거나 굳센 힘이 느껴졌는데, '바람의 말'에서는 간절함을 느낄 수 있어.

명석 : 1연에 보면 시의 화자는 사랑하는 사람과 헤어진 처지인데, 그래서 간절한 것 같아.

은유 : 헤어진 사람에게 전하는 말도 멋있어. "내 영혼이 당신 옆을 스치면" 설마 "바람이라고 생각지는" 말라는 거야.

명석 : 헤어져도 마음은 늘 그대와 함께 있다는 거지.

은유 : 2연 1~2행의 "그대 알았던 / 땅 그림자 한 모서리"란 무엇을 말하는 거야?

명석 : 서로가 즐겨 만났던 장소를 말하는 게 아닐까?

은유 : 그런데 2연 3행에 "꽃나무 하나 심어 놓"는다고 하잖아. 공원이나 어떤 건물 안에서 만났을 텐데, 그곳에 나무를 심어?

김샘 : 여기서 나무를 심는 땅은 실제 존재하는 장소가 아니라 시의 화자의 마음 한구석이라고 생각해 봐요. 그래서 '땅'이라 하지 않고 '땅 그림자'라고 표현했을 거예요.

은유 : 시의 화자의 마음 한구석은 그리움과 추억이 가득하겠어요.

명석 : 그럼 그곳에 심는 꽃나무는 어떤 나무야?

은유 : 아마 그 사람이 좋아하는 나무일 거야. 헤어졌지만 잊지

208

못하는 마음에 나무를 심겠지.

명석 : 2연 4행 "그 나무 자라서 꽃 피우면"은 무엇을 말하지?

은유 : 그 사람 생각이 아주 많이 나는 것을 말하겠지.

명석 : 그 정도라면 매우 괴로웠을 텐데, 바로 다음의 "모든 괴로움이 / 꽃잎 되어서 날아가 버릴 거야"와 앞뒤가 안 맞아. 괴로움을 잊고 싶어 하는데 왜 꽃나무를 심고, 꽃을 피우는 거지?

은유 : 그럼 이 꽃나무의 정체는 뭐지?

김샘 : 꽃나무를 심고 그것이 자라서 꽃 피우는 데는 많은 시간이 걸리죠. 시의 화자는 그 정도의 시간이 지나면 헤어짐의 괴로움을 잊을 수 있을 거라는 소망을 가져요. 그런 소망이 이루어지는 과정을 꽃나무가 자라서 꽃이 피고 꽃잎이 날아가는 모습으로 형상화해요. '꽃나무'는 그 사람이 좋아하는 나무가 아니고 괴로움을 잊고 싶은 소망을 드러내기 위한 도구로 이해하면 되겠어요.

명석 : 자신의 마음을 꽃나무를 통해 간접적으로 표현했네요.

은유 : 시의 구성 방식도 살펴보자. 2연과 3연이 부드럽게 연결되고 있어. 비슷한 문장이 이어지기 때문인데, 이런 것은 앞에서도 본 적 있어.

명석 : 맞아! 「광합성」이란 시에서 봤어. 거기에서는 '이런'과 '저런'으로 이어졌지.

은유 : 그런데 3연 2~4행 "참을 수 없게 아득하고 헛된 일이지만 / 어쩌면 세상 모든 일을 / 지척의 자로만 재고 살 건가"는 어떤 의미인지 모르겠어.

명석 : 나도 그래. 뭐가 아득하고 헛되다는 것이지?

김샘 : "참을 수 없게 아득하고 헛된 일"의 주어를 그리움으로 생각해 봐요. 2연에서 잊을 수 있을 거라는 소망은 소망에 그치고,

시의 화자는 계속 그리움에 빠지죠. 끝없는 그리움은 아득하고, 다른 사람이 볼 때는 시의 화자만 손해를 입는 헛된 일로 여겨지지요. 그러나 시의 화자는 끝없는 그리움을 '손해다, 이익이다'와 같이 "지적의 자로만 재"며 살 수는 없다고 해요.

은유 : 누가 뭐라든 자신의 그리움을 매우 소중히 한다는 거네요.

명석 : 그럼 3연 1행 "꽃잎 되어서 날아가 버린다"를 괴로움이 날아가 버리는 것이 아니고 괴로움을 잊으려는 소망이 날아가 버리는 것으로 해석하면 좋겠어.

은유 : 아, 그렇게 해석하니까 시상이 더 명확해져!

명석 : "착한 당신"이라는 말이 재밌어. 헤어지면 상대가 미운데.

은유 : 시의 화자는 지극 정성이야. 헤어진 사람이 "피곤"한 것까지 걱정해.

명석 : 여기서 피곤한 것은 직장 다니느라 피곤해진 거야, 아니면 시의 화자가 계속 치근대니까 피곤해진 거야?

은유 : 재미있는 상상이네. 시의 화자는 순수하고 온순한 성격이어서 아마 치근대지 않고 상대방이 모르게 그리워만 할 거야.

명석 : 그렇다면 "바람의 말"이란 상대방이 느끼지 못하게 그리워하는 속삭임이겠어.

은유의 시 노트

시의 화자는 순수한 영혼을 갖고 있다. 이런 사람을 '순정파'라고 한다. 이 시는 순수한 감정을 아주 아름다운 문장으로 표현한다. 요즘은 사랑이 너무 계산적이라고 하는데, 나는 사랑을 하게 되면 이런 사랑을 하고 싶다.

섶섬*이 보이는 방
—이중섭의 방에 와서

나 희 덕 2007년

서귀포 언덕 위 초가 한 채
귀퉁이 고방*을 얻어
아고리와 발가락군*은 아이들을 키우며 살았다
두 사람이 누우면 꽉 찰,
방보다는 차라리 관에 가까운 그 방에서
게와 조개를 잡아먹으며 살았다
아이들이 해변에서 묻혀 온 모래알이 버석거려도
밤이면 식구들의 살을 부드럽게 끌어안아
조개껍질처럼 입을 다물던 방,
게를 삶아 먹은 게 미안해 게를 그리는 아고리와
소라껍질을 그릇 삼아 상을 차리는 발가락군이
서로의 몸을 끌어안던 석회질의 방,
방이 너무 좁아서 그들은
하늘로 가는 사다리를 높이 가질 수 있었다
꿈속에서나 그림 속에서
아이들은 새를 타고 날아다니고
복숭아는 마치 하늘의 것처럼 탐스러웠다
총소리도 거기까지는 따라오지 못했다

섶섬이 보이는 이 마당에 서서
서러운 햇빛에 눈부셔한 날 많았더라도
은박지 속의 바다와 하늘,
게와 물고기는 아이들과 해 질 때까지 놀았다
게가 아이의 잠지를 물고
아이는 물고기의 꼬리를 잡고
물고기는 아고리의 손에서 파닥거리던 바닷가,
그 행복조차 길지 못하리란 걸
아고리와 발가락군은 알지 못한 채 살았다
빈 조개껍질에 세 든 소라게처럼

* 섶섬 제주도 서귀포시 앞바다에 있는 섬 이름.
* 고방 세간이나 그 밖의 여러 가지 물건을 넣어 두는 곳. 보통 '광'이라고 함.
* 아고리와 발가락군 화가 이중섭과 그의 아내가 서로를 부르던 애칭이다. 일
본 유학 시절 이중섭은 턱(아고)이 긴 이 씨라 하여 '아고리'라 불렸고, 그의 일본
인 아내 마사코는 연애 시절 둘이 산책을 하다 발가락을 삐었던 일 때문에 '발가
락군'이란 애칭이 붙여졌다고 한다.

시 읽고 대화하기

은유 : 행복해 보여. 이중섭을 불행한 천재 화가로 알고 있는데, 그에게도 이렇게 행복한 시절이 있었나 봐.

명석 : 이 시를 보니 이중섭은 섶섬이 보이는 작은 방에 세들어 살고 있었어. 배경이 되는 곳을 한번 찾아보고 싶어.

은유 : 이중섭은 북한에서 태어나 전쟁 때 남쪽으로 피난 왔는데 제주도에는 언제 살았지?

김샘 : 이중섭은 전쟁이 한창이던 1951년 1월에 제주도로 피난 와서 서귀포에 정착하여 11개월 동안 지냈어요. 그 후에 부산으로 갔고, 얼마 안 돼 아내는 자식을 데리고 일본으로 가게 되고 이중섭은 1956년에 세상을 떠나요. 서귀포시에 있는 '이중섭 미술관'에 가면 이중섭이 살던 방을 볼 수 있어요. 시의 제목은 이중섭의 그림 〈섶섬이 보이는 풍경〉에서 따온 것이에요.

은유 : 그럼 시의 화자는 '이중섭 미술관'에 갔다가 이중섭의 서귀포 생활을 느끼고 상상해서 시로 표현하는 거네요.

명석 : 이중섭은 아이와 게 그림, 은박지에 그림을 그린 것으로도 유명한데, 그런 것들이 미술관에 있는 모양이야.

은유 : 5행의 "차라리 관에 가까운 그 방"을 보면 이중섭이 살던 방은 매우 비좁았나 봐. 그렇지만 하필이면 왜 방을 '관'에다 견주지?

명석 : 그럼 무엇에 견주면 좋겠어?

은유 : 그렇게 말하니까 딱히 떠오르는 건 없지만, 어떻든 살고 있는 방을 관이라고 하니까 기분이 으스스하다는 거야.

명석 : 그럼 8~9행의 "식구들의 살을 부드럽게 끌어안아 / 조개껍질처럼 입을 다물던 방"에서는 어떤 기분이 드는데?

은유 : 조개껍질은 비좁기는 하지만 다정하고 따뜻한 기분이 들어.

명석 : 10~11행은 이중섭이 게 그림을 그리는 이유와 그의 아내가 차리는 밥상을 재미있게 표현하고 있어.

은유 : 이런 걸 보고 삶 자체가 예술이라고 하는 거야.

명석 : 그렇게 말하니 유식해 보이는걸. 12행 "서로의 몸을 끌어안던 석회질의 방"에는 다시 방 이야기가 나와. "석회질의 방"이란 어떤 방을 말하는 거지?

은유 : 말 그대로 석회로 만든 방을 말하는 게 아닐까?

명석 : 아니야. 제주도는 화산섬이어서 화산토나 현무암이 많아. 석회로 지은 방이 아니라는 것은 확실해.

김샘 : 여기서 "석회질의 방"이란 표현은 실제 방의 재료가 석회로 되었다는 것이 아니에요. 바로 앞에서 방을 조개껍질에, 그릇을 소라껍질에 비유했어요. 이것들은 주성분이 석회질이지요. 그러니까 좁은 방, 초라한 살림을 "석회질의 방"으로 나타낸 거지요. 그리고 석회는 가루로 있다가 물이 첨가되면 굳어 버리죠. 이것은 좁은 방이지만 단란했던 이중섭 가족의 행복이 오래가지 못하고 그 방에서 멈추어 버리게 된다는 의미를 갖기도 해요.

은유 : 그럼 불행한 미래를 암시하는 표현이네요. 그러고 보면 아까 의문을 가졌던 "관"도 이중섭 가족에게 드리워질 불행을 암시하는 표현이겠어요.

명석 : 13~14행 "방이 너무 좁아서 그들은 / 하늘로 가는 사다리

를 높이 가질 수 있었다"는 어떤 내용 같니? 설마 죽었다는 건 아니겠지?

은유 : 방이 좁은 만큼 많은 걸 상상할 수 있었다는 거야. 사람은 육체적으로 제약이 있으면 상상을 더 많이 하잖아.

명석 : 그럼 15~25행은 이중섭이 상상한 내용이겠네. 이 상상을 이중섭은 화폭에 담은 것이고.

은유 : 시의 화자는 화폭에 담긴 내용들을 이용해서 행복한 모습을 시각적 이미지로 표현해. 그런데 마지막 세 행은 앞부분과 조금 다르지 않니?

명석 : 어떤 점이 다르다는 거니?

은유 : 내가 보기엔 앞의 내용을 전체적으로 요약하는 것 같아.

김샘 : 앞부분 1~25행이 시의 화자가 이중섭의 서귀포 생활을 상상한 부분이라면, 마지막 26~28행은 상상을 마치고 나서 갖게 되는 시의 화자의 마음 상태를 나타내요. 그러니까 시의 초점이 이중섭에서 시의 화자 자신에게로 옮겨지고 있어요.

명석 : 그럼 이 부분은 이중섭 가족의 행복에 대한 시의 화자의 판단이네요.

은유 : 누구에게 초점을 두는가에 따라 시의 의미가 조금 달라질 수 있겠어. 이중섭에 초점을 두면, 이중섭 가족이 서귀포 피난 시절에 누렸던 행복한 삶을 노래한 시가 돼.

명석 : 그리고 시의 화자에 초점을 두면, 불행한 삶을 살다 간 천재 화가에 대한 시의 화자의 안타까움이라고 할 수 있겠지.

소

김 기 택 2005년

소의 커다란 눈은 무언가 말하고 있는 듯한데
나에겐 알아들을 수 있는 귀가 없다.
소가 가진 말은 다 눈에 들어 있는 것 같다.

말은 눈물처럼 떨어질 듯 그렁그렁 달려 있는데
몸 밖으로 나오는 길은 어디에도 없다.
마음이 한 움큼씩 뽑혀 나오도록 울어 보지만
말은 눈 속에서 꿈쩍도 하지 않는다.

수천만 년 말을 가두어 두고
그저 끔벅거리고만 있는
오, 저렇게도 순하고 동그란 감옥이여.

어찌해 볼 도리가 없어서
소는 여러 번 씹었던 풀줄기를 배에서 꺼내어
다시 씹어 짓이기고 삼켰다간 또 꺼내어 짓이긴다.

시 읽고
대화하기

명석 : 시의 화자는 소의 눈을 어느 정도 관찰했을까?

은유 : 왜?

명석 : 어떤 것을 오랫동안 관찰하면 그것이 하는 말을 듣게 된 대. 꽃을 오랫동안 관찰하면 꽃이 하는 말을 듣게 되어 꽃의 상 태를 정확히 파악한다는 거지.

은유 : 그런데 여기서는 "소가 가진 말"을 못 듣잖아?

명석 : 아마 그것은 들을 수 있을 만큼 관찰하지 못해서일 거야.

은유 : 그럼 소의 말을 들으려면 더 관찰해야 한다는 거니?

명석 : 그렇지. 1연 2행 "나에겐 알아들을 수 있는 귀가 없다"는 것은 자신의 관찰이 모자라다는 걸 말하는 거야.

은유 : 그런데 2연에서는 반대로 말하고 있어. 나의 탓이 아니고 소에게 문제가 있다고 말하잖아. "말은 눈물처럼 떨어질 듯 그렁 그렁 달려 있는데 / 몸 밖으로 나오는 길은 어디에도 없다"는 표 현은 소가 말하는 방법을 찾지 못한다는 거야.

명석 : 그러고 보니 헷갈리네.

은유 : 3연과 4연을 보면 같은 이야기가 이어져. 소가 말하는 방 법을 찾지 못했다고 강조하는 것으로 보여.

명석 : 그래. 이 시는 말하는 방법을 찾지 못한 소의 답답함을 그 리는 시라고 할 수 있겠어.

은유 : 3연은 소의 눈을 "말을 가두어" 둔 "순하고 동그란 감옥"

이라고 은유로 표현해. 소의 답답함이 감옥으로 느껴지는 거야.

명석 : 4연 2~3행의 "여러 번 씹었던 풀줄기를 배에서 꺼내어 / 다시 씹어 짓이기고 삼켰다간 또 꺼내어 짓이긴다"는 한마디로 말해서 소가 스트레스를 해소하는 방법이야. 말을 밖으로 내보내지 못하니 풀만 여러 번 씹는 거지.

은유 : 사람도 할 말은 많은데 말할 수 없을 때 속으로만 말이 나왔다 들어갔다 하잖아. 그와 같은 거야.

김샘 : 시의 내용을 일단 이해했으면 다른 것을 생각해 봐요. 시의 화자는 소가 감옥에 갇혀 있다고 말해요. 여러분은 제3자로서 그 상황을 지켜보고 있죠. 독자로서 시의 화자가 소는 감옥에 갇혀 있다고 말하는 상황을 어떻게 판단하나요?

명석 : 그러고 보면 소가 인간이 알아들을 수 있게 말을 할 의무는 없는 거예요. 오히려 만물의 영장이라고 생각하는 인간이 소의 말을 알아들어야 하는 거라고 생각해요.

은유 : 선생님의 말을 듣고 시를 다시 보니 의미가 달라져. 앞에서 네가 주장한 대로 '시의 화자의 관찰이 모자라다'는 말이 옳은 것 같아.

명석 : 내 주장을 이제야 인정한다는 거지? 이 시는 소의 답답함을 통해 인간의 답답함을 말해. 마음이 닫힌 인간을 비판하는 거야.

김샘 : 그러면 김종삼 시인의 「묵화墨畵」라는 시를 보며 좀 더 생각해 봐요.

물먹는 소 목덜미에

할머니 손이 얹혀졌다.

이 하루도

함께 지났다고,

서로 발잔등이 부었다고,

서로 적막하다고,

할머니가 소와 함께 하루 일을 끝내고 나서 소 목덜미에 손을 얹어요. 그 접촉을 통해 둘은 서로 쓸쓸하고 힘들었지만 함께 하루를 지냈다고 말하고 있죠.

은유 : 할머니와 소가 친구처럼 생각돼요. 할머니 손에서 사랑이 느껴져요.

명석 : 이제 알았어! 내가 '시의 화자의 관찰이 모자라다'고 말했는데, 모자란 것은 관찰이 아니고 사랑이야.

은유 : 맞아! 꽃을 관찰하면서 사랑이 없으면 꽃이 하는 말을 알아들을 수 없는 거지. 〈워낭소리〉라는 영화를 텔레비전에서 본 적이 있어. 소와 평생을 산 농부의 이야기인데, 소와 농부는 아주 대화가 잘되는 친구였어.

명석 : 이 시는 사랑을 강조하는 시라고 해야겠어.

김샘 : 마지막으로 이 시의 표현 특징을 살펴봐요. 시인은 커다랗고 끔벅거리는 소의 눈을 어떤 어조*로 바라보나요?

명석 : 아주 차갑고 냉정한 어조로 소의 눈을 표현해요. "말은 눈 속에서 꿈쩍도 하지 않는다", "그저 끔벅거리고만 있는"이라는 표현이 그래요. 이것은 대화가 부족한 현대 인간 사회를 차갑고

---

* 어조　감정이나 생각이 드러난 말씨나 말하는 투. 시인이 하나의 제재를 어떤 심적 상태에서 다루는가에 따라 비판하는 태도, 예찬하는 태도, 비아냥거리는 태도, 동정하는 태도 따위 다양한 어조로 나타난다. 앞에서 본 「섶섬이 보이는 방」은 안타까운 어조이고, 「그대의 발명」은 격조 높은 외로움의 어조이다.

냉정하게 꼬집는 태도이기도 해요.

은유 : 내가 보기엔 소의 눈을 불쌍하고 안타깝게 바라보는 것 같아. "말은 눈물처럼 떨어질 듯 그렁그렁", "어찌해 볼 도리가 없어서"라는 표현에서 그걸 느낄 수 있어.

명석의 시 노트

앞에 나온 시 「소를 웃긴 꽃」에서 보면 꽃은 소와 대화를 한다. 그래서 소가 웃고 꽃의 힘에 기우뚱한다. 이 시 「소」에서는 '소'가 감옥에 갇혀 있다고 말하는데, 어떻게 보면 사람이 감옥에 갇혀 있는지도 모르겠다.

슬픔이 기쁨에게

정호승 1978년

나는 이제 너에게도 슬픔을 주겠다.
사랑보다 소중한 슬픔을 주겠다.
겨울밤 거리에서 귤 몇 개 놓고
살아온 추위와 떨고 있는 할머니에게
귤 값을 깎으면서 기뻐하던 너를 위하여
나는 슬픔의 평등한 얼굴을 보여 주겠다.
내가 어둠 속에서 너를 부를 때
단 한 번도 평등하게 웃어 주질 않은
가마니에 덮인 동사자가 다시 얼어죽을 때
가마니 한 장조차 덮어 주지 않은
무관심한 너의 사랑을 위해
흘릴 줄 모르는 너의 눈물을 위해
나는 이제 너에게도 기다림을 주겠다.
이 세상에 내리던 함박눈을 멈추겠다.
보리밭에 내리던 봄눈들을 데리고
추워 떠는 사람들의 슬픔에게 다녀와서
눈 그친 눈길을 너와 함께 걷겠다.
슬픔의 힘에 대한 이야길 하며
기다림의 슬픔까지 걸어가겠다.

시 읽고 대화하기

은유 : 이 시는 기쁨을 부정적으로 보고 있어.

명석 : 사람은 누구나 기쁨을 좋아하는데, 시인은 왜 부정적으로 말하지?

은유 : 3~5행에 보면 어떤 기쁨인지 나와. "겨울밤 거리에서 귤 몇 개 놓고 / 살아온 추위와 떨고 있는 할머니에게 / 귤 값을 깎으면서" 좋아하는 기쁨인 거야.

명석 : 여기서 시의 화자가 말하는 '너'는 조금도 손해 보지 않고 자기 이익만 챙기는 사람인 거지. 이기주의자야.

은유 : 6행의 "슬픔의 평등한 얼굴을 보여 주겠다"는 기쁨만 아는 이기주의자에게는 슬픔이 있어야 평등해진다는 거지. 강인한 의지가 담긴 표현이야.

명석 : 그런데 2행의 "사랑보다 소중한 슬픔"은 어떤 슬픔이기에 사랑보다 소중하다는 걸까?

은유 : 글쎄? 사랑은 가장 소중한 것이어서 그보다 소중한 것은 없을 것 같은데.

명석 : 오히려 이기주의자에게는 슬픔보다 사랑을 주는 것이 더 효과적이지 않을까?

은유 : 그렇지. 사랑으로 감쌀 때 마음의 변화를 일으켜 슬픔을 알 수 있으니까.

김샘 : "사랑보다 소중한 슬픔"은 사랑과 슬픔을 견주어 판단하는

222

표현이 아니에요. 슬픔을 느낄 수 있을 때 진정한 사랑도 할 수 있다는 뜻으로 표현했다고 보면 돼요.

은유: 슬픔을 모르는 사람은 사랑하는 마음도 없다는 것이네요.

명석: 그것은 11행에 나오는 "무관심한 너의 사랑"이라고 할 수 있겠어.

은유: 7~10행에는 이기적인 행동이 다시 나와.

명석: 8행의 "평등하게 웃어 주질 않은"은 어떻게 했다는 거지?

은유: 비웃었다는 것 같아. "어둠 속에서 너를 부를 때" 마음이 담긴 웃음을 보이지 않았다는 거지.

명석: 13행에 "너에게도 기다림을 주겠다"고 하는데, 이것은 슬픔과 기다림을 같은 의미로 보고 하는 말이야?

은유: 그렇지. 슬픔을 싫어하는 사람은 기다릴 줄도 모르기 때문이야.

명석: 14~17행은 어려워. "함박눈을 멈추겠다", "봄눈들을 데리고", "눈 그친 눈길"은 무엇을 말하지? '눈'이라는 낱말이 계속 나오는데 헷갈려.

은유: '함박눈'은 따뜻한 이미지를 가지는데, 그럼 '따뜻함을 멈추겠다'로 되어 이상해져.

김샘: 보통 '함박눈' 하면 은유의 말처럼 따뜻한 이미지가 떠올라요. 그 반대로 '싸라기눈', '진눈깨비' 하면 차가운 이미지가 떠오르죠. 그런데 여기서 '함박눈'은 차가운 이미지로 쓰여요. 시의 맥락을 보면 시의 화자가 이 세상에서 멈추려는 것은 슬픔을 모르는 기쁨인 것이죠. 그래서 '눈'의 의미를 '슬픔을 모르는 기쁨'으로 이해하면 될 거예요.

은유: 그럼 17행 "눈 그친 눈길을 너와 함께 걷겠다"는 기쁨이

슬픔을 이해하게 될 때 동료로 함께한다는 뜻이네요.

명석 : 18행의 "슬픔의 힘"이라면 다른 사람을 진정으로 사랑할 수 있는 힘이겠지?

은유 : 그렇겠지. 그런데 앞에서 시의 화자가 기쁨에게 슬픔을 주겠다고 하는데 실제로는 어떻게 줄 수 있을까?

명석 : 막상 생각하려니 어렵네. 물건을 주듯이 줄 수 있는 것도 아니고.

은유 : 음, 16행 "추워 떠는 사람들의 슬픔에게 다녀와서"라는 표현을 보면 알 수 있을 것 같아. 우리 생활에서 기쁨에게 슬픔을 체험하게 하는 방법이야.

명석 : 그래. 장애 체험이나 기아 체험 같은 것을 해 보는 거지.

은유 : 다른 방법도 있어. 18행 "슬픔의 힘에 대한 이야길 하며" 처럼 슬픔에 대해서 기쁨과 대화를 나누는 것이지.

은유의 시 노트

여기 나오는 슬픔과 기쁨은 개인의 감정이 아니고 사회의 약자와 강자가 느끼는 슬픔과 기쁨이다. 가난과 고통, 그리고 부유함과 즐거움을 비유적으로 표현하지 않고 직접 '슬픔'과 '기쁨'이라는 낱말로 나타낸 것이 특이하다.

돈 워리 비 해피[*]

권혁웅 2005년

1

워리는 덩치가 산만 한 황구*였죠
우리 집 대문에 줄을 매서 키웠는데
지 꼴을 생각 못하고
아무나 보고 반갑다고 꼬리 치며 달려드는 통에
동네 아줌마와 애들, 여럿 넘어갔습니다
이 피멍 좀 봐, 아까징끼* 값 내놔
그래서 나한테도 엄청 맞았지만
우리 워리, 꼬리만 흔들며
그 매, 몸으로 다 받아 냈습니다
한 번은 장염에 걸려
누렇고 물큰한 똥을 지 몸만큼 쏟아 냈지요
아버지는 약값과 고기 값을 한번에 벌었습니다
학교에서 돌아와 보니
한성여고 수위를 하는 주인집 아저씨,
수육*을 산처럼 쌓아 놓고 금강야차*처럼
우적우적 씹고 있었습니다
평생을 씹을 듯했습니다

225

2

누나는 복실이를 해피라고 불렀습니다

해피야, 너는 워리처럼 되지 마

세 달 만에 동생을 쥐약에 넘겨주었으니

우리 해피 두 배로 행복해야 옳았지요

하지만 어느날

동네 아저씨들, 장작 몇 개 집어들고는

해피를 뒷산으로 데려갔습니다

왈왈 짖으며 용감한 우리 해피, 뒷산을 타넘어

내게로 도망왔지요

찾아온 아저씨들, 나일론 끈을 내게 건네며 말했습니다

해피가 네 말을 잘 들으니

이 끈을 목에 걸어 주지 않겠니?

착한 나, 내게 꼬리 치는 착한 해피 목에

줄을 걸어 줬지요

지금도 내 손모가지는 팔뚝에 얌전히 붙어 있습니다

내가 여덟 살, 해피가 두 살 때 얘기입니다

* 돈 워리 비 해피 바비 맥퍼린의 노래 'Don't Worry, Be Happy'를 말함.
* 황구 누런 개
* 아까징끼 '머큐로크롬'의 속어. 상처에 바르는 붉은 갈색을 띤 살균 소독제.
* 수육 삶아 익힌 고기.
* 금강야차 불교에서 말하는 왕의 하나. 얼굴이 셋이고 팔이 여섯인데 손에 여
러 가지 무기를 가지고 있음.

시 읽고 대화하기

은유 : 이 시는 노래 제목을 시의 제목으로 삼고 있어.

명석 : '돈 워리 비 해피'는 '걱정하지 말고 행복해라.'는 뜻인데, 제목처럼 행복을 노래한 시니?

은유 : 전혀 그렇지가 않아. 시에 등장하는 개들이 전부 죽어. 장염에 걸려 죽거나 맞아 죽어.

명석 : 죽는 것은 맞는데 개들이 죽는 이유는 틀렸어. 보신탕용으로 팔렸기 때문이야. 1연 15행의 "수육을 산처럼 쌓아 놓고"와 2연 7행의 "해피를 뒷산으로 데려갔습니다"는 그 장면이지.

은유 : 그게 그거 아닌가. 장염에 걸렸기 때문에 보신탕용으로 팔았잖아. 그리고 보신탕용으로 팔렸기 때문에 맞아 죽는 것이고.

명석 : 시의 화자의 살림이 넉넉했다면 설령 장염에 걸렸다고 해도 보신탕용으로 팔지는 않았을 거야.

은유 : 경제적으로 어려웠다는 걸 어떻게 알 수 있어?

명석 : 1연 14행에 "주인집 아저씨"라는 구절이 나오잖아. 남의 집을 빌려서 살고 있는 거지. 키우던 개를 팔아 그 돈으로 살림에 보태는 거야.

은유 : 그럼 개가 죽은 이유를 정리해 보자. 1연 12행에 "아버지는 약값과 고기 값을 한번에 벌었습니다"라는 표현이 나오잖아. 개가 장염에 걸리니까 가난한 아버지는 약값도 없고 해서 보신탕용으로 넘겨 약값은 안 들고 반면에 고기 값은 챙겼다는 거지?

227

명석: 그렇지.

은유: 그렇다면 개가 죽은 이유는 장염도 될 수 있고 보신탕용으로 팔린 것도 될 수 있지만, 근본적으로 가난 때문이라고 할 수 있겠어.

명석: 그래, 죽음의 근본적인 원인을 '가난'으로 결론짓게 돼. 그런데 개들 이름이 재미있어. '워리'와 '해피'래. 요즘은 이런 이름 잘 안 짓잖아.

은유: "해피"는 노래 제목의 '해피'와 같겠지만 "워리"는 노래 제목에 나오는 '워리'와 다르겠지. 아무리 지을 이름이 없다고 해도 '걱정'이라는 이름을 붙이지는 않을 테니까. "워리"는 그냥 부르기 좋아서 붙였을 거야.

명석: 개가 "월! 월!" 하고 짖기도 하잖아. 아마 그래서 붙인 이름일 거야.

은유: 그런데 이 시는 언제 적 이야기일까? 1연 6행의 "피멍 좀 봐, 아까징끼 값 내놔"라는 표현이 낯설어. 요즘은 피멍 들었다고 '아까징끼'라는 걸 찾지 않잖아. 그리고 2연 3행의 "세 달 만에 동생을 쥐약에 넘겨주었으니"라는 표현은 누가 개에게 강제로 쥐약을 먹인 건지 아닌지 그 내용을 알 수 없어.

명석: 글쎄? 마지막에 "내가 여덟 살, 해피가 두 살 때 얘기"가 실마리 같긴 한데…….

김샘: 시의 시대 배경을 파악하기 위해서는 시에 쓰인 표현, 발표 연도, 시인의 생애를 근거로 하면 돼요. 이 시에 "내가 여덟 살"이라는 표현이 나오는데 이걸 시인의 생애와 연관해서 본다면, 시인이 1960년대 후반에 태어났으니까 1970년대 중반쯤의 이야기가 될 거예요. 시인과 시의 화자를 동일시할 필요는 없지

만, 시인의 경험과 생각이 시의 화자를 통해 드러나는 것이므로 시인의 생애를 아는 것은 시 이해에 도움이 되죠. 그리고 그때는 쥐를 소탕하기 위해 모든 집에서 동시에 쥐약을 탄 음식물을 놓곤 했어요.

은유 : 그래서 2연 3행에서 '해피'의 동생이 쥐약을 탄 음식물을 멋모르고 먹어서 죽었다는 거군요. 불쌍해요.

명석 : 그럼 2연 6~7행도 시대를 반영한 표현이야. 뒷산에서 장작으로 개를 잡는 풍경은 요즘 볼 수 없지.

은유 : 2연 1~2행에 재미있는 사실이 나와. 해피의 원래 이름이 "복실이"였는데 워리처럼 되지 말라고 누나가 "해피"라고 지어 주었다는 거지.

명석 : 누나는 워리가 비참하게 죽은 것이 '걱정'을 연상시키는 이름 때문이라고 판단한 거야. 그렇게 보면 시의 제목을 이렇게 도 해석할 수 있겠어. '워리처럼 되지 말고 행복해져라.'

은유 : 그런데 누나의 소망과는 달리 해피에게도 불행이 찾아오지. 2연 13~14행에서 시의 화자는 동네 아저씨들이 해피를 잡아 갈 수 있도록 나일론 줄을 목에 걸어 주잖아. 왜 그랬지? 해피를 잡아갈 수 없다고 뻗대면 될 텐데?

명석 : 아마 아버지가 고기 값을 벌기 위해 해피를 이미 팔아 버린 것을 느낌으로 알았을 거야. 그럼 마지막 부분 "지금도 내 손 모가지는 팔뚝에 얌전히 붙어 있습니다"라는 표현에는 어떤 마음이 담겨 있을까?

은유 : "해피 목"과 "내 손모가지"를 비교해 보는 거지. 여기에는 후회와 미안함이 담겨 있는 거야.

김샘 : 이 시는 겉으로는 어린 시절에 기르다 죽어 버린 개 해피

와 워리를 어른이 되어서 회상하면서 자신의 지금 모습을 확인하는 이야기예요. 그럼, 이 이야기가 함축하고 있는 내면의 의미는 무엇일까요?

은유 : 행복하기를 바라지만 가난이 행복한 삶을 막고 있어요.

명석 : 사회 관습도 중요하다는 것을 알 수 있어. 몸보신을 즐기는 관습 때문에 개의 행복도 사라지고 말지.

은유 : 이것들을 그냥 바라보기만 한 시의 화자의 나약함을 느낄 수 있기도 해.

명석의 시 노트

앞에서 읽은 「말 1」, 「수라」와 견주어 읽을 수 있겠다. 「말 1」과 「수라」가 '말'과 '거미'의 불쌍함을 직접적으로 드러낸다면, 「돈 워리 비 해피」는 새로운 감각으로 노래한다. 팝송의 내용을 이용해 어린 시절의 경험을 상상적으로 재구성한다고 말할 수 있겠다. '개'에게 일어난 일을 카메라로 찍듯이 냉정하게 말한다. 그렇지만 그 밑에는 진한 슬픔이 배어 있다.

눈물 머금은 神이
우리를 바라보신다

이 진 명 2008년

김 노인은 64세, 중풍으로 누워 수년째 산소호흡기로 연
명한다
아내 박 씨 62세, 방 하나 얻어 수년째 남편 병수발한다
문밖에 배달 우유가 쌓인 걸 이상히 여긴 이웃이 방문을
열어 본다
아내 박씨는 밥숟가락을 입에 문 채 죽어 있고,
김 노인은 눈물을 머금은 채 아내 쪽을 바라보고 있다
구급차가 와서 두 노인을 실어 간다
음식물에 기도가 막혀 질식사하는 광경을 목격하면서도
거동 못 해 아내를 구하지 못한,
김 노인은 병원으로 실려 가는 도중 숨을 거둔다

아침신문이 턱하니 식탁에 뱉어 버리고 싶은
지독한 죽음의 참상을 차렸다
나는 꼼짝없이 앉아 꾸역꾸역 그걸 씹어야 했다
씹다가 군소리도 싫어
썩어 문드러질 숟가락 던지고 대단스러울 내일의
천국 내일의 어느 날인가로 알아서 끌려갔다

알아서 끌려가
병자의 무거운 몸을 이리저리 들어 추슬러 놓고
늦은 밥술을 떴다 밥술을 뜨다 기도가 막히고
밥숟가락이 입에 물린 채 죽어 가는데
그런 나를 눈물 머금고 바라만 보는 그 누가
거동 못 하는 그 누가

아, 눈물 머금은 신神이 나를, 우리를 바라보신다

시 읽고
대화하기

은유 : 이 시를 읽고 나니 가슴이 답답해.

명석 : 나도 이와 비슷한 기사를 읽은 적이 있어. 홀로 사는 노인이었는데 죽은 지 여러 날이 지나서 발견되어 주변에 충격을 준 내용이었어.

은유 : 우리 사회의 심각한 문제 가운데 하나가 노인 문제라고 하더니 정말 그런가 봐.

명석 : 그래. 복지 제도가 이런 것을 채워 주어야 하는데 아직은 충분하지 못한 것 같아. 걱정하다 보면 끝이 없으니까 그만하고 시에 대해 이야기해 보자.

은유 : 1연은 신문 기사 내용이야. 김 노인은 정말 가슴이 미어졌을 거야. 아내가 바로 눈앞에서 죽어 가는데 자신은 손 하나 움직일 수 없는 처지이니 말이야. 옆에 누군가 있기만 했어도 두 분 다 살 수 있었을 텐데…….

명석 : 시의 화자는 아침에 식사를 하면서 신문을 보다가 이 기사를 읽은 거야. 음식물을 "뱉어 버리고 싶"었지만 "꼼짝없이 앉아 꾸역꾸역 그걸 씹"고 있어.

은유 : 그런데 "꼼짝없이 앉아 꾸역꾸역 그걸 씹어야 했다"는 말에는 다른 의미도 있는 것 같아.

명석 : 어떤 의미?

은유 : 시의 화자는 "죽음의 참상"을 외면하고 싶지만, 음식물을

계속 씹듯이 그 기사를 뚫어져라 볼 수밖에 없는 거야.

명석 : 두 노인의 불행을 자신의 불행처럼 느낀다는 거지?

은유 : 그래, 이런 감정을 연민이라고 하지.

명석 : 그런데 2연 5~6행 "썩어 문드러질 숟가락 던지고 대단스러울 내일의 / 천국 내일의 어느 날인가로 알아서 끌려갔다"는 무슨 내용이지?

은유 : 천국은 사후 세계를 뜻하니까 두 노인의 사후 세계를 상상하는 건가?

명석 : 사후 세계를 상상하는 거라면 "알아서 끌려갔다"는 표현은 무엇을 말하는 거지?

은유 : 음, 글쎄?

김샘 : 여기서 천국이란 김 노인 부부의 죽음과 같은 일이 벌어지지 않는 좋은 세상을 말해요. 시의 화자는 그런 세상을 상상하면서 아내 박 씨의 처지가 되어 보는 거예요. 천국에서도 김 노인 부부와 같은 일이 벌어질 것인가 상상하죠.

명석 : "알아서 끌려갔다"는 표현은 스스로 박 씨의 처지가 되어 본다는 것이네요.

은유 : 그럼 8~12행은 박 씨의 처지가 되어 상상한 내용이겠어.

명석 : 천국은 그러지 않을 줄 알았는데 "기도가 막히고 / 밥숟가락이 입에 물린 채 죽어 가"지만 천국에서도 도와주는 사람 한 명 없다는 거야. 지상에서와 마찬가지로 김 노인만이 아내 박 씨를 바라볼 뿐이라는 거지.

은유 : 마지막 행 "눈물 머금은 신이 나를, 우리를 바라보신다"는 무엇을 의미하는 것 같니?

명석 : 글쎄, 신이 우리를 불쌍하게 여긴다는 뜻이 아닐까?

은유 : 인간이 불쌍해서 신이 눈물을 흘린다는 거니?

김샘 : 여기서 '신'의 모습을 위에 나오는 "천국"과 연관해서 살펴봐요. 천국은 신이 지배하는 세계죠. 거기에서 시의 화자는 김 노인의 아내처럼 죽어 가는데 '신'은 눈물만 머금은 채 어떤 도움도 주지 못하고 지상의 김 노인처럼 바라만 보신다는 거예요.

은유 : 신이어도 이런 불행을 해결할 수 없다는 거네요?

명석 : 그럼 대체 누가 해결해 줄 수 있지?

은유 : 우리가 해결해야 되겠지. 마지막 행은 김 노인이 눈물 머금은 얼굴로 무관심한 우리를 애타게 바라보는 장면이기도 한 거야.

명석 : 너는 신이 존재한다고 믿니?

은유 : 그걸 왜 갑자기 물어봐? 너는 신이 없다고 생각하니?

명석 : "눈물 머금은 신"이란 표현을 보니까 생각나서 그래. 어떤 때는 신이 존재하는 것 같은데, 어떤 때는 그렇지 않은 것 같기도 하고…….

은유의 시 노트

이 시는 우리의 행동을 돌아보게 하는 시이다. 우리 이웃들의 소외를 제대로 해결하고 있는지 묻고 있다. 학생으로서 이런 사회 문제를 해결하는 데 조금이라도 힘이 되는 일은 없을까? 봉사 단체에 가입해서 활동하는 것도 좋은 방법일 거다. 그리고 나중에 사회에 나갔을 때를 생각해 이런 문제를 잘 파악해 두는 것도 필요하겠다.

지상의 방 한 칸

김 사 인 1987년

세월은 또 한고비 넘고
잠이 오지 않는다
꿈결에도 식은땀이 등을 적신다
몸부림치다 와 닿는
둘째놈 애린 손끝이 천 근으로 아프다
세상 그만 내리고만 싶은 나를 애비라 믿어
이렇게 잠이 평화로운가
바로 뉘고 이불을 다독여 준다
이 나이토록 배운 것이라곤 원고지 메꿔 밥 비는 재주
쫓기듯 붙잡는 원고지 칸이
마침내 못 건널 운명의 강처럼 넓기만 한데
달아오른 불덩어리
초라한 몸 가릴 방 한 칸이
망망천지에 없단 말이냐

웅크리고 잠든 아내의 등에 얼굴을 대 본다
밖에는 바람 소리 사정없고
며칠 후면 남이 누울 방바닥
잠이 오지 않는다

시 읽고 대화하기

은유 : 시의 화자는 뭔가 큰 고민에 빠져 있는 것 같아.

명석 : 그래, 1연 13~14행 "초라한 몸 가릴 방 한 칸이 / 망망천지에 없단 말이냐"를 보면 집 때문에 고민함을 알 수 있어.

은유 : 2연 3행에서도 알 수 있어. "며칠 후면 남이 누울 방바닥"이란 것은 이사를 가면 이곳에 다른 사람이 와서 산다는 거야. 시의 화자는 이사 갈 걱정으로 잠도 못 이뤄.

명석 : 그럼 아직까지 이사 갈 집을 마련하지 못한 건가?

은유 : 그렇게 봐야지. 이사 올 사람은 정해졌는데 자신은 집을 구하지 못한 거야.

명석 : 그렇다면 길거리에 나앉을 급박한 상황이라는 건데, 그걸 어떻게 알았어?

은유 : 이사 때문에 걱정한다면 집을 빌리지 못한 것 말고 뭐가 있겠어.

김샘 : 집을 빌리지 못했다는 확실한 표현은 없어요. 그러나 첫 행의 "세월은 또 한고비 넘고"에서 추리를 해 보면 집을 빌렸다는 사실을 알 수 있어요. 알맞은 집을 여기저기 알아보고 돈이 모자라면 돈을 빌리고 해서 겨우 집을 마련하는 어려움을 "한고비"라고 표현한 거죠. 시의 화자는 한고비를 넘겼지만 다시 다가올 고비 때문에 잠을 이루지 못해요.

은유 : 제가 잘못 이해한 거네요. 그렇다면 시의 화자는 무엇 때

문에 고민하는 거죠?

명석 : 그 고민은 이런 것이 아닐까? 아이들은 새 학교에 가서 잘 적응을 할지, 돈을 빌렸으면 그 돈은 어떻게 갚을지, 몇 년 후엔 또 어떻게 이사를 가야 할지 같은 것…….

은유 : 그래, 언제까지 이사를 다녀야 하는지 막막한 거구나.

명석 : 1연 6행의 "세상 그만 내리고만 싶은"은 그런 힘든 심정을 나타낸 말이지?

은유 : 그렇지. 삶을 포기하고 싶은 생각이 들 정도로 힘든 모양이야.

명석 : 그런데 시의 화자가 삶을 포기하지는 않는데, 그 이유가 뭐라고 생각해?

은유 : 그것은 가족 때문이야. 1연 6~8행의 "나를 애비라 믿어 / 이렇게 잠이 평화로운가 / 바로 뉘고 이불을 다독여 준다"와 2연 1행 "웅크리고 잠든 아내의 등에 얼굴을 대 본다"를 보면 알 수 있어.

명석 : 자식과 아내에 대한 정 때문이라는 거지? 9행의 "이 나이 토록 배운 것이라곤 원고지 메꿔 밥 비는 재주"를 보면 시의 화자의 직업이 작가임을 알 수 있어.

은유 : 그런데 이 표현은 단순히 직업만 말하는 것이 아니고 어떤 심정을 보여 주는 것 같지 않니?

명석 : 그래, 글 쓰는 것에 대한 자긍심이 없는 것 같아. 인기 작가가 아닌 모양이지?

은유 : 그렇지. 경제적으로 무능하다고 자기 자신을 비웃고 있어. 한마디로 자조적인 심정일 거야.

명석 : 그런 심정은 13~14행 "초라한 몸 가릴 방 한 칸이 / 망망

천지에 없단 말이냐"에도 표현되어 있어. 자신을 초라하다고 하니 말이야.

은유 : 그 말에는 자괴감과 함께 세상에 대한 원망도 담겨 있어.

명석 : 그런데 10~11행 "쫓기듯 붙잡는 원고지 칸이 / 마침내 못 건널 운명의 강처럼 넓기만 한데"는 무엇을 말하는 거야?

은유 : 원고지를 채우지 못해서 원고지 칸이 강처럼 넓게 보인다는 것 아닐까?

명석 : 그럼 글은 써지지 않는데 글을 써야 한다는 강박 관념에 잡혀 있다는 거네.

김샘 : 시의 화자는 경제적인 어려움을 해결하기 위해 글 쓰는 일에 매달리죠. 그러나 글 쓰는 일은 그것을 해결해 주지 못해요. 그래서 다른 직업을 얻어 볼까 해도 글 쓰는 일은 자신에게 "운명의 강"과 같은 것이어서 이 직업에서 벗어날 수 없는 처지를 말해요.

은유 : 글이 써진다거나 써지지 않는다거나 하는 문제가 아니라, '운명 같은' 글 쓰는 직업으로 힘든 현실을 어떻게 헤쳐 나갈지 고민하는 거네요.

명석 : 자신이 앞으로 집을 마련할 방도가 "못 건널 운명의 강"처럼 막막하다는 심정이 담겨 있는 것 같기도 해.

은유 : 그런데 이것은 시의 화자만의 이야기가 아니야. 신혼부부가 10년 넘게 맞벌이해도 자기 집 마련하기가 어렵다는 기사를 본 적이 있어.

명석 : 그래, 시의 화자의 어려움은 우리가 크면 실제로 겪을 현실일 수도 있어.

은유 : 앞에서 본 시 「가정」이 떠올라. 이 시도 시의 화자가 아버지이며 글 쓰는 사람이야. 그리고 경제적 어려움을 견디고 있어.

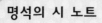

명석의 시 노트

앞에서 본 시 「가정」은 가장으로서 겪는 고민과 어려움을 비유적으로
표현하는데, 「지상의 방 한 칸」은 직접적으로 표현한다. 시어도 바로
생활에서 쓰이는 사실적인 것들이어서 실감이 난다. 그래서 고민과
어려움이 그대로 느껴져 생생한 감동을 준다.

오랑캐꽃*

이 용 악 1940년

— 긴 세월을 오랑캐와의 싸움에 살았다는 우리의 머
언 조상들이 너를 불러 '오랑캐꽃'이라 했으니 어찌 보면
너의 뒷모양이 머리태*를 드리인 오랑캐의 뒷머리와도 같
은 까닭이라 전한다 —

아낙도 우두머리도 돌볼 새 없이 갔단다
도래샘*도 띳집*도 버리고 강 건너로 쫓겨갔단다
고려 장군님 무지무지 쳐들어와
오랑캐는 가랑잎처럼 굴러갔단다

구름이 모여 골짝 골짝을 구름이 흘러
백 년이 몇백 년이 뒤를 이어 흘러갔나

너는 오랑캐의 피 한 방울 받지 않았건만
오랑캐꽃
너는 돌가마*도 털메투리*도 모르는 오랑캐꽃

두 팔로 햇빛을 막아 줄게
울어 보렴 목놓아 울어나 보렴 오랑캐꽃

* 오랑캐꽃 제비꽃을 보통 이르는 말.
* 머리태 머리채. 길게 늘어진 머리털.
* 도래샘 빙 돌아서 흐르는 샘물.
* 띳집 띠(풀의 하나)로 지붕을 인 초가.
* 돌가마 임시로 돌을 몇 개 고이고 만든 가마.
* 털메투리 여진족이 짐승의 털로 만든 신발.

시 읽고 대화하기

은유 : '오랑캐꽃'은 가끔 들었는데, 그게 제비꽃을 이르는 말이라는 건 몰랐네.

명석 : 오랑캐는 욕할 때 쓰는 말이잖아. 그런데 왜 사람이 아닌 꽃에다 오랑캐라는 이름을 붙이는 거지?

은유 : 그 이유는 제목 밑에 나오잖아. 우리 조상들과 오랫동안 싸움을 했던 오랑캐의 뒷머리와 제비꽃의 뒷모양이 비슷한 데서 붙여졌다는 거지. 그런데 오랑캐의 뒷머리가 어떤 모양일까?

김샘 : 여기서 오랑캐는 두만강 일대에 살던 여진족인데 나중에 청나라를 세우죠. 여러분이 간혹 보는 영화나 드라마에서 청나라 사람들이 하던 머리 모양을 생각하면 될 거예요.

명석 : 아하, 앞부분은 깎고 뒷부분은 땋아 늘인 모양 말이군요.

은유 : 그 머리 모양을 '변발'이라고 하던데, 이것이 제비꽃 뒷모양과 비슷하다는 거지?

명석 : 모양이 같다고 해서 사람들이 제비꽃을 오랑캐꽃이라 불렀다니 너무했다.

은유 : 거기에는 이런 감정이 깔렸겠지. 우리 조상들을 귀찮게 구는 여진족을 경멸하여 오랑캐라고 했을 거야. 제비꽃을 오랑캐꽃이라 부르며 여진족에 대한 분풀이를 했다고 봐야지.

명석 : 그럼 제비꽃이 바가지를 썼다는 거네. 이 불쌍한 제비꽃은 어떤 꽃이야?

은유 : 그건 나도 모르겠어.

김샘 : 제비꽃은 지역에 따라 병아리꽃, 씨름꽃이라 부르기도 한대요. 이른 봄에 자주 색깔의 예쁜 꽃을 피우는 야생화예요. 세계적으로 널리 퍼져 있는데 그리스의 나라꽃이기도 해요.

명석 : 그리스 사람들이 자기네 국화를 오랑캐꽃이라고 부르는 걸 알면 성질나겠는데.

은유 : 1연은 고려 시대에 오랑캐가 국경을 넘어와 살다가 쫓겨난 이야기겠어. 여기서 "강 건너 쫓겨갔단다"에서 '강'은 두만강을 말하는 걸 거야.

명석 : 오랑캐와 우리 민족의 역사적 관계를 보여 주는 것인데, "고려 장군님"은 누굴 말하는 거야?

은유 : 을지문덕? 최무선? 최영?

김샘 : 여기서 "고려 장군님"은 윤관 장군을 말해요. 그는 12세기에 함경도까지 잠입해 들어와 판도를 넓힌 여진족을 토벌하죠.

명석 : 그렇구나. 여진족이 정신없이 허둥지둥 도망가는 장면이 재미있어요. 아마 윤관 장군이 기습 공격을 한 모양이에요.

은유 : 2연은 윤관 장군의 토벌 이후 몇백 년이 흘러 지금에 이르렀다는 거지.

명석 : "구름이 모여 골짝 골짝을 구름이 흘러"간다며, 구름이 흘러가는 것으로 시간을 나타내니 재미있어.

은유 : 3연 5행의 "울어 보렴 목놓아 울어나 보렴"은 제비꽃을 불쌍히 여기는 시의 화자의 행동이야. 달래며 위로해 주고 있어.

명석 : 왜 위로해 준다면서 울라고 하는 거야? 네 잘못이 아니니 울지 말라고 하면 더 좋을 것 같은데.

은유 : '카타르시스'라는 거 모르니? 자기의 슬픔을 마음껏 표출

하면 정신의 안정이나 균형을 찾을 수 있는 거야.

명석 : 그럼 3연 4행 "두 팔로 햇빛을 막아 줄게"는 마음껏 울고 싶은 제비꽃의 마음을 배려한 거겠네.

은유 : 그렇게라도 신경을 써 주어야지. "오랑캐의 피 한 방울 받지 않았"는데 오랑캐꽃이라고 오해를 받고 있으니 말이야.

명석 : 「꽃」이란 시가 생각나. 이름을 불러 주는 것이 중요하다고 했어. 예쁜 꽃인데 나쁜 이름으로 불러 주니까 억울한 거지.

은유 : 그래, 맞아! 명석아, 내가 문제를 하나 낼 테니까 맞춰 봐. 이 시는 의미를 여러 가지로 볼 수 있어. ①오랑캐가 우리 민족을 괴롭혀 오랑캐꽃이란 이름이 생겼으니 오랑캐가 나쁘다. ②제비꽃을 오랑캐꽃이라 이름 붙인 우리 조상이 나쁘다. ③오랑캐꽃은 오해를 받고 있으니 이름을 제대로 불러 주자. 이 가운데 어떤 의미 같아?

명석 : 오, 제법인걸! 지금은 여진족과 갈등이 없으니까 ①번은 아니고, 시인이 우리 조상을 공격할 리 없으니까 ②번도 아닐 테고, 그럼 ③번이네. 이것을 사람의 문제로 넓게 보면, 마땅한 근거 없이 오해받는 사람의 어려움을 알아주자는 거 아냐?

은유 : 나도 그렇게 생각해.

김샘 : 여러분이 생각하는 것처럼 이 시는 마땅한 이유 없이 차별받고 핍박당하는 변두리 소외자들의 설움을 오랑캐꽃을 통해서 노래하고 있어요. 이를테면, 피부 색깔이 다르다고 소외되는 이주민들 말이죠. 그리고 이 시가 창작된 시기가 일제 강점기라는 사실과 연관시켜 의미를 찾아볼 수도 있어요. 오랑캐꽃은 다름 아닌 일제에 의해 부당하게 핍박받고 소외당한 우리 민족의 서러운 모습을 나타내는 것이죠.

산협山峽*의 노래

오 장 환 1940년

이 추운 겨울 이리 떼는 어디로 몰려다니랴.
첩첩이 눈 쌓인 골짜기에
재목을 싣고 가는 화물차의 철로가 있고
언덕 위 파수막*에는
눈 어둔 역원이 저녁마다 램프의 심지를 갈고.

포근히 눈은 날리어
포근히 눈은 내리고 쌓이어
날마다 침울해지는 수림樹林의 어둠 속에서
이리 떼를 근심하는 나의 고적*은 어디로 가랴.

눈보라 휘날리는 벌판에
통나무 장작을 벌겋게 지피나
아 일찍이 지난날의 사랑만은 다스하지 아니하도다.

배낭에는 한줌의 보리 이삭
쓸쓸한 마음만이 오로지 추억의 이슬을 받아 마시나
눈부시게 훤한 산등을 내려다보며
홀로이 돌아올 날의 기꺼움*을 몸가졌노라.

눈 속에 쌓인 골짜기
사람 모를 바위틈엔 맑은 샘이 솟아나고
아늑한 응달 녘에 눈을 헤치면
그 속에 고요히 잠자는 토끼와 병든 사슴이.

한겨울 내린 눈은
높은 벌에 쌓여
나의 꿈이여! 온 산으로 벋어 나가고
어디쯤 나직한 개울 밑으로
훈훈한 동리*가 하나
온 겨울, 아니 온 사철
내가 바란 것은 오로지 다스한 사랑.

한동안 그리움 속에
고운 흙 한줌
내 마음에는 보리 이삭이 솟아났노라.

*산협 산속의 골짜기.
*파수막 경계하여 지키는 막사.
*고적 외롭고 쓸쓸함.
*기꺼움 은근히 마음속으로 느끼는 기쁨.
*동리 마을

시 읽고
대화하기

은유 : 시의 느낌이 어떠니?

명석 : 웅장해. 스케일이 크다고 할까? 이리 떼, 화물차, 벌판, 산과 같은 표현에서 거대한 느낌을 받아. 너는?

은유 : 따뜻한 느낌! 근심, 사랑, 기꺼움, 다스한, 그리움과 같은 표현 때문이야.

명석 : 제목을 보니까 시의 화자가 산골짜기에서 경험한 내용을 시로 표현한 것 같아.

은유 : 1연에는 "첩첩이 눈 쌓인 골짜기"에 있는 기차역 모습이 나와. 첫 행의 "이 추운 겨울 이리 떼는 어디로 몰려다니랴" 하는 것이 특히 멋있어.

명석 : 아마 시의 화자는 이리 떼를 사냥하기 위해 산골짜기에 온 모양이야.

은유 : 글쎄, 그렇진 않은 것 같은데. 2연 4행에 보면 "이리 떼를 근심하는"이라는 표현이 나오는 것으로 보아 이리 떼를 사냥하는 사람은 아니야.

명석 : 그럼 너는 어떤 사람이라고 생각하는데?

은유 : 이리 떼를 걱정하는 사람.

명석 : 이리 떼는 사나운 짐승인데 왜 걱정해? 겨울철에 먹을 게 없어 굶어 죽을까 봐?

은유 : 그렇지. 사납건 사납지 않건 겨울철 짐승들에게 먹잇감을

주는 운동을 펼치는 사람들도 있어.

명석: 나는 다르게 생각해. "이리 떼를 근심하는"이라는 표현은 이리 떼가 주민이나 가축을 공격하지 않을까 걱정하는 걸 거야.

은유: 그럼 바로 다음에 나오는 "나의 고적은 어디로 가랴"와 어울리지 않아. 이리 떼를 사냥하는 것과 외로움은 알맞지 않거든.

명석: 글쎄, 눈 쌓인 벌판에서 사냥하는 것도 외로운 일이 아닐까?

김샘: 여기서 "이리떼를 근심하는"은 은유의 생각이 더 설득력이 있어요. 이리 떼를 사나운 동물이 아닌 겨울철 산속에 살고 있는 모든 동물을 대표하는 시어로 이해하면 되겠어요.

명석: 그럼 5연 4행의 "고요히 잠자는 토끼와 병든 사슴"도 시의 화자가 걱정하는 동물들이겠네요.

은유: 그런데 3연 마지막에 "지난날의 사랑만은 다스하지 아니하도다"라고 자신의 사랑을 반성하잖아. 이건 어떤 사랑을 말하는 것일까?

명석: 동물에 대한 사랑인가?

은유: 인간에 대한 사랑도 포함되겠지.

김샘: 여기서 사랑은 동물, 인간과 더불어 사회 전반을 포함하는 보편적인 사랑으로 이해돼요. 동물에 대한 연민과 공감은 참된 사람임을 판단하는 근거가 되죠. 시의 화자는 지난날 다스하지 못했던 사랑에 대한 반성을 동물에 대한 관심으로 표현하고 있어요. 그러면 시의 화자가 왜 겨울 산에 왔는지 생각해 봐요.

명석: 그것은 자신의 사랑을 반성하기 위해서라고 볼 수 있겠어요. 뭔가 깊이 생각할 일이 있으면 사람들은 자기가 있던 곳을 떠나 먼 곳으로 가죠.

은유 : 그렇지. 겨울 산에 와 보니까 먹잇감을 찾아다니는 동물들이 걱정된 거야.

명석 : 4연 1행의 "배낭에는 한줌의 보리 이삭"이란 뭐지? 식량이라고 보기에는 양이 너무 적잖아?

은유 : 그러네? "보리 이삭"이란 낱말이 시의 마지막 7연에도 나오니까 이것과 연관해서 살펴보면 되겠다.

명석 : 그럼 7연 마지막 행 "내 마음에는 보리 이삭이 솟아났노라"에서 내 마음은 어떤 마음인지 먼저 생각해 봐야겠어.

은유 : 6연 마지막 행에서 보듯이 내 마음은 "오로지 다스한 사랑"을 찾고 있어. 그러므로 보리 이삭이 솟아났다는 것은 다스한 사랑을 찾았다는 거야.

명석 : 그럼 4연의 배낭에 있는 "한줌의 보리 이삭"이란 식량이 아니고 "다스한 사랑"으로 솟아날 씨앗 같은 걸 의미하겠어.

은유 : 그리고 4연 마지막의 "홀로이 돌아올 날의 기꺼움"은 미래에 희망을 갖고 돌아갈 수 있는 기쁨을 말하는 거겠어.

명석 : 그런 기쁨은 5연의 "바위틈엔 맑은 샘이 솟아나고"와 6연의 "나의 꿈이여! 온 산으로 벋어 나가고 / 어디쯤 나직한 개울 밑으로 / 훈훈한 동리가 하나"라는 표현으로 이어져.

은유 : 6연 3~5행은 시의 화자가 새롭게 꿈을 갖고 돌아가는 길에 따뜻한 마을을 만나는 장면이야.

김샘 : 시의 화자가 "다스한 사랑"을 회복하기 위해 겨울 산에 들고 나서 "보리 이삭이 솟아"나는 희망을 느끼기까지의 여정을 정리해 봐요.

명석 : 그거 재미있겠는데요? 1연은 골짜기의 기차역이에요. 시의 화자는 여기서 내린 거죠. 그리고 2연은 숲 속이에요. 외로움

에 휩싸이죠.

은유 : 3연은 숲을 벗어난 벌판이야. 자신의 사랑을 반성해. 그리고 4연은 산꼭대기야. "산등을 내려다보며"라는 구절에서 알 수 있어. 새로운 사랑의 씨앗이 커 가지.

명석 : 4연이 산꼭대기라면 5연은 꼭대기에서 내려오는 길이겠어. 그리고 6연은 산을 다 내려와 마을에 다다라 자신의 희망을 확인하는 거야.

대설주의보

최승호 1983년

해일처럼 굽이치는 백색의 산들,
제설차 한 대 올 리 없는
깊은 백색의 골짜기를 메우며
굵은 눈발은 휘몰아치고,
쬐그마한 숯덩이만 한 게 짧은 날개를 파닥이며……
굴뚝새*가 눈보라 속으로 날아간다.

길 잃은 등산객들 있을 듯
외딴 두메마을 길 끊어 놓을 듯
은하수가 펑펑 쏟아져 날아오듯 덤벼드는 눈,
다투어 몰려오는 힘찬 눈보라의 군단,*
눈보라가 내리는 백색의 계엄령.*

쬐그마한 숯덩이만 한 게 짧은 날개를 파닥이며……
날아온다 꺼칠한 굴뚝새가
서둘러 뒷간에 몸을 감춘다.
그 어디에 부리부리한 솔개라도 도사리고 있다는 것일까.
길 잃고 굶주리는 산짐승들 있을 듯
눈더미의 무게로 소나무 가지들이 부러질 듯

다투어 몰려오는 힘찬 눈보라의 군단,
때죽나무와 때 끓이는 외딴집 굴뚝에
해일처럼 굽이치는 백색의 산과 골짜기에
눈보라가 내리는 백색의 계엄령.

* 굴뚝새 몸의 길이는 6~7센티미터이며, 진한 갈색에 검은 갈색의 가로무늬가
있는 텃새임.
* 군단 육군에서 부대들이 모여 이루는 큰 부대.
* 계엄령 일정한 지역의 행정권과 사법권을 군이 맡아 다스리도록 대통령이
내리는 명령.

시 읽고 대화하기

은유 : 대설주의보가 내린 상황을 아주 생생하게 전달해.

명석 : 첫 행부터 표현이 인상적이야.

은유 : "해일처럼 굽이치는 백색의 산들"이란 눈보라가 휘몰아치니까 산들이 꿈틀꿈틀 움직이는 것처럼 보이는 걸 나타내.

명석 : 그리고 1연 2~3행 "제설차 한 대 올 리 없는 / 깊은 백색의 골짜기를 메우며"는 사방천지가 온통 눈보라 세상이 되었다는 거지.

은유 : 그 눈보라의 세상에 "짧은 날개를 파닥이며" 날아가는 굴뚝새가 등장해.

명석 : 그런데 시인은 진짜 이 굴뚝새를 보았을까?

은유 : 왜?

명석 : 동물은 날씨 변화에 민감하잖아. 눈보라가 휘몰아칠 정도면 동물들은 미리 안전한 곳에 몸을 피신해 있을 거야.

은유 : 어! 생각해 보니 그러네. 그럼 이 굴뚝새는 뭐야?

명석 : 나는 시인이 상상해서 만들어 낸 새 같아. 힘이 넘치는 눈보라만 있으면 시가 밋밋해지기 때문이지.

은유 : 그런데 눈보라에 제대로 대처하지 못하는 새도 있지 않을까? 이 굴뚝새도 그런 새일 수 있어.

명석 : 그럼 너는 시인이 실제 이 굴뚝새를 보았다는 거니?

은유 : 그렇지. 그 모습을 인상에 담아 두었다가 시로 표현한 거

라고 봐.

명석 : 음……. 굴뚝새를 실제 보았나 보지 않았나는 일단 숙제로 남겨 두고, 시인이 1연에서 눈보라 속의 굴뚝새를 그린 이유를 생각해 보자.

은유 : 좋아! 눈보라는 힘이 넘치고 거대한데 굴뚝새는 아주 조그만 존재야.

명석 : 그래. 굴뚝새가 매우 위태롭게 보여. 눈보라에 금방 파묻혀 버릴 것 같아.

은유 : 그런 위태로운 느낌은 2연 1~2행으로 이어져. "길 잃은 등산객들"과 "외딴 두메마을"은 생존에 위협을 받지.

명석 : 반면에 눈보라의 기세는 점점 더 커지고 있어. 3~4행의 "날아오듯 덤벼드는 눈, / 다투어 몰려오는 힘찬 눈보라의 군단"이라는 표현에서 알 수 있어.

은유 : 그 기세를 '군단'과 '계엄령'에 비유해서 나타내는데, 이 낱말들은 구체적으로 어떤 뜻이야?

명석 : 글쎄? 이 말들은 들어 봤는데도 정확한 뜻은 모르겠어.

김샘 : 군사·정치 용어여서 낯설 거예요. '군단'은 3~5만 명의 군인들이 모여 있는 집단을 말해요. 엄청나게 많은 군인들이 무기를 들고 열을 맞추어 진격하는 모습을 생각하면 될 거예요. 그리고 '계엄령'은 군인들이 행정과 사법권을 맡아 국민의 생활 전반을 통제하는 상황을 말하지요. 계엄령이 내려지면 국민의 자유로운 정치 행위는 일시적으로 제약을 받죠.

명석 : 그럼 "군단"은 눈보라의 모습을, "계엄령"은 눈보라가 몰아치는 상황을 나타낸 거네요.

은유 : 이렇게 군사·정치 용어로 표현하니 "힘찬 눈보라"에서 더

욱 위기감과 긴장감이 느껴져.

명석: 그런데 왜 이런 낱말을 사용하는 걸까?

은유: 눈보라와 사람들이 한바탕 전쟁을 벌이게 된 상황을 멋있게 나타낸 것 같은데. 입시 전쟁, 무역 전쟁, 이런 말도 쓰잖아.

김샘: 시대적 상황과 관련해서 시어를 살펴봐요. 이 시가 발표된 1980년대 초의 정치 상황은 시민과 학생들의 민주화 운동이 잇따라 일어나고, 정부는 계엄령으로 그것을 억누른 투쟁과 탄압의 시대예요. 광주 민주화 운동*이 대표적인 사례죠. 군사·정치 용어인 '군단'과 '계엄령'은 이러한 시대 분위기를 반영한 시어예요. 굴뚝새가 눈보라에 쫓기는 모습은 정치적, 군사적 억압에 개인의 자유가 박탈당하는 시대적 상황에 대한 알레고리*라고 할 수 있죠.

명석: 광주 민주화 운동을 담은 영상을 본 적이 있어요. 시민들이 군인들에게 당하는 모습이 끔찍했죠. '군단'과 '계엄령'이 당시 상황을 반영한다니 눈보라가 무섭게 느껴지기도 하네요.

은유: 3연 3~4행의 "서둘러 뒷간에 몸을 감춘다. / 그 어디에 부리부리한 솔개라도 도사리고 있다"는 계엄령으로 공포에 질린 사람들의 모습을 표현한 거라고 보면 되겠어.

---

* 광주 민주화 운동 1980년 5월 18일에서 27일까지 전라남도와 광주 시민들이 계엄령 철폐와 민주주의를 요구하며 펼친 운동을 말함.
* 알레고리 겉으로는 인물, 행동, 배경 같은 요소들을 갖추고 있는 이야기이면서, 그 이야기의 배후에 도덕적, 정치적, 또는 역사적 의미가 전개됨으로써 가지게 되는 이중 구조를 가리킨다. '까마귀 싸우는 골에 백로야 가지 마라 / 성난 까마귀 흰빛을 새오나니 / 창파에 좋이 씻은 몸을 더럽힐까 하노라'는 시조 작품은 표면상 까마귀와 백로에 대한 이야기이지만, 실제 의미는 깨끗한 선비더러 권력다툼(당쟁)에 빠져들지 말라는 권고를 하는 정치적 알레고리를 갖고 있다.

명석 : 이 시는 억압적인 상황을 대조적인 표현으로 나타낸 것 같지 않니?

은유 : 그래. 거대함과 조그마함, 백색과 검정색이 대조를 이뤄.

명석 : 앞에서 숙제로 남겨 둔 걸 다시 생각해 보면 내 생각이 맞을 것 같아. 시인은 시대 상황을 나타내기 위해 눈보라 속을 날아가는 굴뚝새를 상상해서 만들어 낸 거야.

은유 : 글쎄……. 그럴 수도 있겠지만, 나는 여전히 시인이 실제 보았던 장면에 시대 상황을 대입하고 있는 거라고 생각하고 이 시를 감상할래.

명석의 시 노트

시를 감상할 때 시대적 상황을 염두에 두면 시를 더욱 깊이 읽을 수 있다. 반면 시대적 상황을 모르면 어떤 시어가 담고 있는 독특한 감각을 알 수 없겠다. 여기서 '군단'과 '계엄령'이라는 시어도 시대 상황을 아는 경우와 그렇지 않은 경우에 와 닿는 느낌에 차이가 클 것이다. 그럼에도 이 시는 시대적 상황과 관련 없이 휘몰아치는 눈보라의 생동감과 모든 것을 순식간에 백색으로 덮어 버리는 눈보라의 아름다움으로 읽어도 좋을 것 같다.

겨울-나무로부터 봄-나무에로

황 지 우 1985년

나무는 자기 몸으로
나무이다
자기 온몸으로 나무는 나무가 된다
자기 온몸으로 헐벗고 영하 13도
영하 20도 지상에
온몸을 뿌리 박고 대가리 쳐들고
무방비의 나목으로 서서
두 손 올리고 벌받는 자세로 서서
아 벌받은 몸으로, 벌받는 목숨으로 기립하여, 그러나
이게 아닌데 이게 아닌데
온 혼으로 애타면서 속으로 몸 속으로 불타면서
버티면서 거부하면서 영하에서
영상으로 영상 5도 영상 13도 지상으로
밀고 간다, 막 밀고 올라간다
온몸이 으스러지도록
으스러지도록 부르터지면서
터지면서 자기의 뜨거운 혀로 싹을 내밀고
천천히, 서서히, 문득, 푸른 잎이 되고
푸르른 사월 하늘 들이받으면서

나무는 자기의 온몸으로 나무가 된다
아아, 마침내, 끝끝내
꽃피는 나무는 자기 몸으로
꽃피는 나무이다

시 읽고
대화하기

명석 : 제목에 줄표(—)가 있을 때는 그 의미 파악이 쉽지 않았는데 그것을 없애니 '겨울나무에서 봄 나무로'의 뜻임을 알겠어. 간단한 말에 줄표를 넣어 독특하게 표현했어.

은유 : 1~2행의 내용이 마지막 22~23행에도 "꽃피는"이란 낱말만 덧붙여 반복되고 있어. 수미상관*의 구성이야.

명석 : "나무는 자기 몸으로 / 나무이다"는 텔레비전 프로그램 〈스펀지〉에 나오는 표현 방식이야. '나무는 ﹍﹍﹍﹍﹍﹍ 나무이다.' 은유야, 빈칸에 알맞은 말을 넣어 봐.

은유 : 재미있겠어. 나무는 '뿌리와 잎이 있어서' 나무이다. 나무는 '그늘이 있어서' 나무이다. 나무는 '사람들이 나무라 불러서' 나무이다.

명석 : 그중에 '나무는 그늘이 있어서 나무이다.'라는 표현이 마음에 들어. 그런데 시인은 왜 "자기 몸으로"라고 하지?

은유 : 나도 궁금해. "자기 몸으로"를 다른 말로 바꾸어 보면 '자기 스스로', '자기 힘으로'야. 그러면 '나무는 자기 스스로 나무이다'가 되는데, 이것은 아주 당연한 이야기잖아.

---

* 수미상관 같거나 비슷한 시행이 처음과 마지막에 서로 연관되게 반복하는 표현법. 이 표현은 시의 구조에 안정감을 주며, 운율감을 형성하고 의미를 강조하는 효과가 있음.

명석 : 그렇지. 나무가 누구의 힘으로 나무가 되는 것이 아니지. 그런데 왜 이런 표현을 쓰지?

은유 : 제목과 연결시켜 생각해 보자. 제목의 뜻이 '겨울나무에서 봄 나무로'였잖아. 그렇다면 제목과 "나무는 자기 몸으로 나무이다"의 표현을 연결하면 어떻게 될까?

명석 : 아! '겨울나무는 자기 몸으로 봄 나무이다'가 되겠어. 겨울나무에서 봄 나무로 되는 과정이 자기 힘으로 이루어진다는 거지.

은유 : 그러고 보면 겨울나무와 봄 나무는 차이가 많아. 겨울나무는 헐벗었지만 봄 나무는 새잎과 꽃으로 풍성해. 이 시가 말하려는 것도 바로 이걸 거야. 헐벗은 나무가 어떻게 자기 힘으로 풍성한 나무로 성장하는지 살핀 시야.

명석 : 4행 "자기 온몸으로 헐벗고 영하 13도"부터 겨울나무의 이야기야. 6행의 "온몸을 뿌리 박고 대가리 쳐들고"라는 표현이 재미있어. 나무를 서 있는 사람의 모습으로 보는 것이지.

은유 : 8행 "두 손 올리고 벌받는 자세로 서서"는 겨울나무의 고통스런 모습이야. 영하 20도에 무방비로 벌을 받는 거지.

명석 : 그런데 9행의 "벌받은 몸으로, 벌받는 목숨으로 기립하여"는 표현이 좀 이상해.

은유 : 왜?

명석 : 앞 구절은 "벌받은"이고 뒤 구절은 "벌받는"으로 표현했잖아.

은유 : 어, 그러네. 앞은 과거형이고 뒤는 현재형이야. 어떤 뜻의 차이가 있다는 건가?

김샘 : 나무가 겨울을 보내는 것을 벌받는 걸로 여기고 있어요. "벌받은 몸"은 겨울나무의 고통이 숙명적으로 주어진 벌이라는

걸 말해요. 천벌이라고 할 수 있죠. "벌받는 목숨"은 천벌을 피하지 않고 지금 견디고 있는 자세를 말해요.

명석 : 과거형과 현재형의 변화로 천벌과 그걸 극복하려는 의지를 간명히 표현했네요.

은유 : 그런데 10행에서 "이게 아닌데 이게 아닌데" 하며 운명을 견디는 자세를 부정해.

명석 : 아니야! 부정하는 것이라면 앞뒤가 맞지 않아.

은유 : 그렇다면 갈등하는 걸 거야. 내가 천벌을 이겨 낼 수 있을까 자문하는 것으로 봐야겠어. 11~12행의 "속으로 몸 속으로 불타면서 / 버티면서 거부하면서"는 갈등하며 견디는 장면이고.

명석 : 13행부터 봄 나무 이야기가 전개돼. 그런데 14행 "밀고 간다, 막 밀고 올라간다"는 나무가 무얼 밀고 올라간다는 거지?

은유 : 온도가 아닐까? 봄이 되면 온도가 올라가잖아. 그것을 나무가 밀고 올라가는 것으로 표현한 거야. 나무의 주체성을 강조한 것으로 보여.

명석 : 내가 보기엔 고통 같은데. 자기를 억누르던 고통을 밀어 없애려는 나무의 행동인 거지.

은유 : 그렇게 감상해도 좋겠어. 15~16행의 "온몸이 으스러지도록 / 으스러지도록 부르터지면서"는 '성장통'이라 할 수 있겠어.

명석 : 멋진 해석이다! 18행의 "천천히, 서서히, 문득, 푸른 잎이 되고"에서 "천천히, 서서히, 문득"이라고 부사어를 여러 개 사용하고 있는데 왜일까?

은유 : 이것은 같은 뜻이 아니고 시간이 점점 빨라지는 걸 나타내는 것 같아. '천천히'에서 '서서히'로, 그리고 '문득'으로 빨라져.

명석 : 19행의 "푸르른 사월 하늘 들이받으면서"는 6행의 "대가

리 쳐들고"처럼 재미있는 표현이야.

은유 : 나무는 고통을 피하지 않고 당당하게 맞서고 있는 거야.

김샘 : 이 시에서 말하는 나무는 고통을 극복해 높은 경지를 이룬 고매한 정신을 상징하기도 해요. 그리고 이 시에는 수직적 상승 이미지가 많이 쓰이고 있어요. 이것을 좀 더 생각해 봐요.

명석 : 나무가 고매한 정신을 상징한다면, 나무에게서 현인이나 철인의 모습을 엿볼 수 있어요.

은유 : 그들은 모두 고행을 견디어 높은 정신세계를 펼치게 되지.

명석 : 21행의 "아아, 마침내, 끝끝내"는 고행을 극복한 기쁨을 표현한 거야.

은유 : 수직적 상승 이미지의 표현은 "대가리 쳐들고", "기립하여", "밀고 올라간다", "싹을 내밀고", "하늘 들이받으면서"라고 하겠어.

명석 : 정신적 성숙과 수직적 상승 이미지가 잘 어울려.

명석의 시 노트

어떻게 보면 이 시는 우리들 청소년의 성장을 말하는 것 같다. 우리는 지금 한창 예민하게 정신적, 육체적 성장을 거치고 있어서 여러 가지로 불안하다. 그렇지만 겨울나무처럼 불안감을 극복할 때 우리도 참다운 성장을 이루겠지. 그렇게 되면 봄 나무처럼 기쁨도 맛보게 될 거고.

알 수 없어요

한 용 운 1926년

바람도 없는 공중에 수직의 파문을 내이며 고요히 떨어지는 오동잎은 누구의 발자취입니까.

지리한 장마 끝에 서풍에 몰려가는 무서운 검은 구름의 터진 틈으로 언뜻언뜻 보이는 푸른 하늘은 누구의 얼굴입니까.

꽃도 없는 깊은 나무에 푸른 이끼를 거쳐서 옛 탑 위의 고요한 하늘을 스치는 알 수 없는 향기는 누구의 입김입니까.

근원은 알지도 못할 곳에서 나서 돌부리를 울리고 가늘게 흐르는 작은 시내는 굽이굽이 누구의 노래입니까.

연꽃 같은 발꿈치로 가이없는 바다를 밟고 옥 같은 손으로 끝없는 하늘을 만지면서 떨어지는 날을 곱게 단장하는 저녁놀은 누구의 시詩입니까.

타고 남은 재가 다시 기름이 됩니다. 그칠 줄을 모르고 타는 나의 가슴은 누구의 밤을 지키는 약한 등불입니까.

시 읽고 대화하기

명석: 이 시는 각 행이 의문문으로 끝나고 그에 대한 답은 제목에 제시하는 형태를 가지고 있어.

은유: 이런 형태를 앞에서 본 적이 있지. 「그대의 발명」이란 시야. "누가 고독을 발명했습니까" 하고 묻는데, 그 답은 제목에 있는 "그대"였지.

명석: 그런데 그 시는 답이 명확한데, 이 시는 답이 "알 수 없어요"여서 또 다른 답을 찾게 만들어.

은유: 맞아. 그래서 이 시가 왠지 어려울 것 같아.

명석: 하지만 시의 구성은 간단해. 1~5행이 '~은 누구의 ~입니까'라는 문장 구조를 반복하지.

은유: 물론 구성은 단순해. 하지만 시가 어렵고 쉬운 것은 구성이 단순하냐 그렇지 않으냐가 아니라, 시의 표현이나 내용이 우리에게 익숙하냐 그렇지 않으냐에 달려 있다고 생각해.

명석: 어떻든 시를 감상해 보자. 1~5행은 자연 현상을 노래해. 1행은 오동잎이 바람도 없는데 떨어지는 거야. 시의 화자는 그 자연 현상이 마치 누군가의 발자취처럼 신비로운 거지.

은유: 2행은 장마가 끝나면서 검은 구름 사이로 언뜻 보이는 푸른 하늘을 노래해. 이건 자연 현상을 어떻게 보는 거지?

명석: 그건 반가움이야. 지루한 장마가 끝났으니 반가운 얼굴을 만난 기분인 거지.

은유 : 3행의 "꽃도 없는 깊은 나무"란 무엇을 말하는 것 같니? 그리고 꽃도 없는데 어떻게 향기가 생기지?

명석 : 깊은 숲 속의 늙은 나무지. 나무가 늙으면 꽃은 거의 피지 않고 푸른 이끼는 많이 돋잖아. 그리고 숲에서는 꽃이 없어도 나무가 독특한 향기를 뿜어. 사람들이 삼림욕을 즐기는 것도 이 때문이야. 그러니 3행은 향기로운 자연 현상이야. 그것은 마치 누군가의 입김처럼 느껴지지.

은유 : 그럼 4행은 즐거운 자연 현상이라고 하겠어. 졸졸졸 흐르는 시냇물을 보면 노래를 듣는 것처럼 즐거워지잖아.

명석 : 5행은 지는 해를 "연꽃 같은 발꿈치"와 "옥 같은 손"으로 화려하게 표현해. 지는 해가 만드는 아름다운 자연 현상이지. 그것은 한 편의 시처럼 아름답게 보여.

은유 : 6행은 자연 현상이 아니라 "나의 가슴"에 대해서 말해.

명석 : 그런데 6행의 "타고 남은 재가 다시 기름이 됩니다"는 이해가 안 돼. 어떻게 재가 기름이 되지? 재사용이 불가능하잖아.

은유 : "타고 남은 재"는 일반적인 '재'가 아닌 것 같아.

명석 : 그걸 어떻게 알아?

은유 : 바로 다음의 "그칠 줄을 모르고 타는 나의 가슴"이란 구절에서 알 수 있어. 나무나 종이가 타는 것이 아니고 "나의 가슴"이 타는 것이지. 그리고 그 이유는 "누구의 밤을 지키는 약한 등불"이 되기 위해서야.

명석 : 그러고 보니 '애타는 가슴'이란 말이 생각나. 시의 화자는 누군가를 걱정하고 그리워해. 그러나 그것이 해결되지 않자 조그맣던 걱정과 그리움이 더 커지는 거지. "타고 남은 재가 다시 기름이 됩니다"는 바로 이런 마음을 나타낸 것 같아. 이건 역설적

인 표현이야.

은유 : 정리해 보면 1~5행은 다양한 자연 현상이 누구의 것이냐고 묻고, 6행은 누군가를 걱정하고 그리워하는 마음이야.

명석 : 이 시는 "누구"의 의미를 파악하는 것이 중요하겠어.

은유 : 여기서 "누구"는 절대자야. 1~5행은 절대자의 모습이 다양한 자연 현상으로 나타나는 것이지.

명석 : 그럼 6행은 어떻게 해석할 수 있어?

은유 : 절대자의 진리를 그리워하고, 절대자의 진리가 흐려지는 상황을 걱정하는 거야. "누구의 밤"이란 절대자의 진리가 흐려지는 안타까운 상황이지.

명석 : 그럼 제목 "알 수 없어요"의 의미는 뭐야?

은유 : 절대자의 진리와 그를 그리워하고 걱정하는 자신의 구도 자세는 쉽게 알 수 없을 정도로 깊다는 거지. 그런데 한편으로는 "누구"의 의미를 사랑하는 임으로도 볼 수 있겠어.

명석 : 어떻게?

은유 : 자연 현상이 신비롭게 보이고 반갑게 보이는 것은 사랑 때문이라는 거지.

명석 : 그럼 6행은 임이 어려움에 빠져 있어서 걱정하고 그리워하는 모습이겠네?

은유 : 그렇지. 정리한다면 이 시는 절대자의 진리나 임의 사랑을 향한 변함없는 자세를 노래한 시라고 하겠어.

명석 : 그런데 나는 그렇게 보지 않아!

은유 : 그래? 어떻게 감상했는데?

명석 : 이 시는 신비스런 자연에 대한 궁금증을 노래한 시라고 할 수 있어.

은유 : 그렇다면 '누구'라는 시어는 왜 사용한 거야?

명석 : 여기서 '누구'는 자연 현상의 궁금증을 사람의 모양으로 알기 쉽게 시각화한 표현이야. 제목 '알 수 없어요'는 그 궁금증의 깊이를 나타낸 것이고.

은유 : 그럼 6행은 어떻게 해석해?

명석 : 그칠 줄 모르는 자신의 궁금증을 표현한 거지. 여기서 "누구의 밤을 지키는 약한 등불"이란 자연에 대한 궁금증을 찾으려는 자신의 힘든 처지를 걱정하는 것이야.

은유 : 앞에서 너는 시의 화자가 누군가를 걱정하고 그리워한다고 말했잖아. 그럼 그리워하는 감정은 어떻게 되는 거야?

명석 : 그리워하는 감정이란 자연에 대한 궁금증으로 보면 돼.

은유 : 그런데 한용운 시인은 「님의 침묵」으로도 유명하잖아. 한용운의 '님'은 보통 절대자나 임, 조국을 뜻하는 것으로 봐.

명석 : 그렇다고 이 시를 반드시 그렇게 감상할 필요는 없잖아.

은유 : 그래, 명석이 네 말처럼 한용운 시인의 시를 새롭게 감상할 수도 있겠다.

은유의 시 노트

이 시는 제목이 특이하다. 광고나 홍보에서는 '비밀주의' 광고 방법이 있다고 한다. 제품이 세상에 나올 때까지 최대한 비밀을 지켜서 소비자의 궁금증을 더욱 끌어 올려 제품에 대한 홍보 효과를 극대화하는 것이다. 이처럼 '알 수 없어요'라는 제목도 독자의 궁금증을 잔뜩 끌어 올린다.

시의 출처

고은, 「그 꽃」_ 「작은 들꽃이 보고 싶을 때」, 김재홍 편저, 문학수첩, 2005.

권혁웅, 「돈 워리 비 해피」_ 「마징가 계보학」, 창비, 2007.

기형도, 「엄마 걱정」_ 「입 속의 검은 잎」, 문학과지성사, 1991.

김경미, 「식사법」_ 「쉿, 나의 세컨드는」, 문학동네, 2006.

김기택, 「소」_ 「소」, 문학과지성사, 2007.

김명수, 「발자국」_ 「바다의 눈」, 창작과비평사, 1995.

김사인, 「지상의 방 한 칸」_ 「밤에 쓰는 편지」, 문학동네, 1999.

김선우, 「내 몸속에 잠든 이 누구신가」_ 「내 몸속에 잠든 이 누구신가」, 문학과지성사,
     2007.

김소월, 「산유화」_ 「원본 소월 전집」, 김종욱 편저, 홍성사, 1982.

김수영, 「절망」_ 「김수영 전집 1」, 민음사, 1981.

김승희, 「별」_ 「냄비는 둥둥」, 창비, 2006.

김영랑, 「돌담에 속삭이는 햇발」_ 「원본 영랑 시집」, 허윤회 주해, 깊은샘, 2007.

김용택, 「이 바쁜 때 웬 설사」_ 「강 같은 세월」, 창작과비평사, 1995.

김종삼, 「장편 2」, 「묵화」_ 「북치는 소년」, 민음사, 1979.

김지하, 「새봄 9」_ 「중심의 괴로움」, 솔, 1994.

김춘수, 「꽃」_ 「김춘수 시전집」, 현대문학, 2004.

김현승, 「플라타너스」_ 「김현승 시전집」, 김인섭 엮음, 민음사, 2005.

나희덕, 「섶섬이 보이는 방」_ 「야생사과」, 창비, 2009.

남진우, 「월식」_ 「새벽 세 시의 사자 한 마리」, 문학과지성사, 2006.

도종환, 「흔들리며 피는 꽃」_ 「사람의 마을에 꽃이 진다」, 문학동네, 1994.

마종기, 「바람의 말」_ 「안 보이는 사랑의 나라」, 문학과지성사, 1980.

문태준, 「노모」_ 「가재미」, 문학과지성사, 2005.

박두진, 「하늘」_ 「예레미야의 노래」, 창작과비평사, 2003.

박목월, 「가정」_ 「박목월 시전집」, 서문당, 1984.

박성룡, 「풀잎 2」_ 「풀잎」, 창작과비평사, 1998.

용래, 「박저녁 눈」_ 「먼 바다」, 창작과비평사, 2006.

박정대, 「그대의 발명」_ 「아무르 기타」, 문학사상사, 2004.

백석, 「수라」_『백석 시전집』, 이동순 편저, 창작과비평사, 1987.

서정주, 「동천」_『미당 시전집 1』, 민음사, 1983.

송찬호, 「나비」_『고양이가 돌아오는 저녁』, 문학과지성사, 2009.

신경림, 「가난한 사랑 노래」_『가난한 사랑 노래』, 실천문학사. 1997.

신현정, 「오리 한 줄」_『자전거 도둑』, 애지, 2005.

안도현, 「햇살의 분별력」_『아무것도 아닌 것에 대하여』, 현대문학북스, 2001.

오규원, 「하늘과 돌멩이」_『토마토는 붉다 아니 달콤하다』, 문학과지성사, 1999.

오은, 「글러브」_『호텔 타셀의 돼지들』, 민음사, 2009.

오장환, 「산협의 노래」_『오장환 전집』, 김재용 엮음, 실천문학사, 2002.

윤동주, 「장」, 「슬픈 족속」_『하늘과 바람과 별과 시』, 연세대학교출판부, 2008.

윤희상, 「소를 웃긴 꽃」_『소를 웃긴 꽃』, 문학동네, 2007.

이면우, 「빵집」_『아무도 울지 않는 밤은 없다』, 창비, 2001.

이문재, 「광합성」_『제국호텔』, 문학동네, 2004.

이성복, 「느낌」_『그 여름의 끝』, 문학과지성사, 1990.

이시영, 「이슬」_『이슬 맺힌 노래』, 들꽃세상. 1991.

이용악, 「오랑캐꽃」_『이용악 시전집』, 윤영천 편저, 창작과비평사, 1988.

이재무, 「감나무」_『오래된 농담』, 북인, 2008.

이진명, 「눈물 머금은 神이 우리를 바라보신다」_『세워진 사람』, 창비, 2008.

이형기, 「낙화」_『별이 물되어 흐르고』, 미래사, 1991.

장석남, 「수묵 정원 9」_『왼쪽 가슴 아래께에 온 통증』, 창비, 2001.

정양, 「토막말」_『나그네는 지금도』, 생각의나무, 2006.

정지용, 「말 1」_『정지용 전집 1』, 김학동 편집. 민음사. 1993.

정현종, 「떨어져도 튀는 공처럼」_『나는 별아저씨』, 문학과지성사, 1978.

정호승, 「슬픔이 기쁨에게」_『슬픔이 기쁨에게』, 창작과비평사, 1979.

차창룡, 「소화」_『해가 지지 않는 쟁기질』, 문학과지성사, 1994.

최승호, 「대설주의보」_『대설주의보』, 민음사, 1983.

최영철, 「밤에」_『그림자 호수』, 창비, 2003.

최정례, 「나무가 바람을」_『내 귓속의 장대나무 숲』, 민음사, 1994.

최종천, 「십오 촉」_『눈물은 푸르다』, 시와시학사, 2002.

한용운, 「알 수 없어요」_『한용운 시전집』, 장승, 2006.

황동규, 「귀뚜라미」_『미시령 큰 바람』, 문학과지성사, 2000.

황인숙, 「비」_『나의 침울한 소중한 이여』, 문학과지성사, 1998.

황지우, 「겨울-나무로부터 봄-나무에로」_『겨울-나무로부터 봄-나무에로』, 민음사, 2001.

참고 도서

김상욱, 『문학교육의 길찾기』, 나라말, 2003.

김홍규, 『한국 현대시를 찾아서』, 푸른나무, 1999.

루이스 엠 로젠블랫, 김혜리·엄혜영 옮김, 『독자, 텍스트, 시』, 한국문화사, 2008.

신경림, 『시인을 찾아서』, 우리교육, 2000.

신헌재·진선희, 『학습자 중심 시 교육론』, 박이정, 2006.

유종호, 『다시 읽는 한국 시인』, 문학동네, 2002.

유종호, 『시란 무엇인가』, 민음사, 2002.

이상섭, 『문학비평 용어사전』, 민음사, 2004.

초등국어교육학회, 『읽기 수업 방법』, 박이정, 1999.

최지현 외, 『국어과 교수 학습 방법』, 역락, 2007.

한계전, 『한계전의 명시 읽기』, 문학동네, 2002.

한국문학평론가협회, 『문학비평 용어사전』, 새미, 2006.

찾아보기 (시인, 작품, 용어)

274